河出文庫

ドレス

藤野可織

kawade bunko

河出書房新社

ドレス｜目次

ドレス

テキサス、オクラホマ

菫《すみれ》の歴代の恋人たちはみな、決まってこう言う。

「なにそれ？　ちょっと見せて。テキサス？　オクラホマ？」

菫が部屋着にしている、生肉色のパーカーのことだ。おおらかな目で見ればピンク色なのかもしれないが、生肉そっくりの色をしている。ただ、なにかに似ているとは思っても生肉という言葉とは結びつかないのか、それとも生肉色とはっきり口にするのがはばかられるのか、色について言及する者は少なかった。そのかわり、テキサスとオクラホマが槍玉にあがった。左の上腕部に上下に二つ並んだワッペンだ。上のワッペンには正面を向いたバッファローの絵柄とTEXASの文字。下のワッペンにはなんだかよくわからない、葉っぱと槍が交差したような絵柄とOKLAHOMAの文字。

「調べたんだけど、このオクラホマのほうの絵柄はオクラホマ州の州旗なんだよ」と菫は言う。

「あ、そう……」恋人たちが知りたいのは、そんなことではない。「あのさ、なんでそんなださいパーカー着てんの」

「ださい？」菫は笑い出す。「そうだよね、私もそう思う。けっこう馬鹿みたいだよね」

菫はかつて、恋人たちとそっくり同じことを言った。

「あのさ、なんでそんなださいパーカー着てんの。なんでテキサスとオクラホマなの？ テキサスとオクラホマが好きなの？」

これは、菫のいちばん最初の恋人のものだった。彼はうろたえつつ、微笑んでこう返した。

「いや、べつにそういうわけじゃ……」

そして、菫が最初の恋人に捨てろとせっついたみたいに、そのあとの恋人たちは菫にそれを捨てろと言う。

「なあそれ、もう古いだろ。捨てたら？」

たしかに菫のパーカーは古い。生肉色は褪《あ》せていて、毛玉だらけで、ぐったりしている。でも、そのパーカーは菫のいちばん最初の恋人が着ていたときから褪せていて、毛玉だらけで、ぐったりしていた。もちろん菫は、その点もきびしく指摘した。

菫のいちばん最初の恋人は、これには反論した。

「汚くない。まだ新しいんだ」

「うそ」

「うそじゃない。買ったばっかりだ」

「買った？」菫は吐き捨てた。「買ったの、それ。自分で？」

「そうだよ」

彼は菫の目をまっすぐに見返して、堂々たる笑《え》みを見せた。

その後の菫の尋問により、彼は、テキサスとオクラホマには行ったことがないし、この先とくに行くつもりもないということが明らかになった。興味もなかった。そればかりか、菫がこんなふうに追及するまで、彼は自分の間抜けなパーカーの左腕にくっついているのがテキサスとオクラホマという文字だということすら、はっきりとは認識していなかったようだった。

「なんかいいと思って」

平然と彼は言い、菫はあっけにとられた。彼は、着続けた。

菫も着続けている。恋人たちになんと言われても、捨てる様子は見られない。はじめての恋の悲しい思い出の記念として、彼女はそれをずっとそばに置いている。

菫のはじめての恋は、まわりの友人たちに比べれば少し遅かったようだ。

当時菫は大学生で、無人航空機《ドローン》のシェアで国内ナンバーワンを誇るM社製ドローンが利用する保養所で、清掃員のアルバイトをやっていた。機械専用の保養所ができはじめたころのことで、そういったアルバイトはまだちょっとめずらしかった。

　求人票は、大学の壁に張り出されていた。ほかにもたくさんの求人があった。家庭教師とか、図書館のコンピュータールームの見張り番とか、カフェのウェイトレスとか。

　でも、菫は清掃員を取った。その紙は、平均身長の女の子が見上げるにはだいぶ高いところにあって、菫の目の高さにぴったりだったから。菫は体力にも自信があった。掃除なんてちょろい、かんたんだと思った。

　菫はたぶん、人間の友達に飽き飽きしていたのだ。

　菫には、人間の友達しかいなかった。おもに女の子で、菫より小さくて、彼女たちが菫につむじを見せながら興じる話は、ときどきよく聞き取れなかった。聞き返して邪険にされることはなかった。でも、聞き返したとき、彼女たちがいっせいにつむじをかたむけて菫を見上げるさまは、マンホールの蓋がぱっかりと開くのに似ていた。彼女たちの肌色の顔、他意のない顔は、光り輝くように見えてもよかったのに、暗くてどこまでも底が深かった。あまり聞き返さないようになると、それはそれで会話自体は成り立った。いまいちわけがわからないのに、菫とその他のみんなとのあいだに取り交わされるやりとりにとくに破綻はなかった。菫はほっとしたし、少し侮るようになった。菫自身も含めて、みんなをまるごと。

犬を飼えばよかったのかもしれない。鉢植えを育てるのでもよかったかも。でも、どちらも非現実的だった。菫はペット禁止のアパートで一人暮らしをしていて、彼女の部屋は隣に建っているビルのせいで日当たりが悪すぎた。なにより、人間の友達に飽き飽きしているっていうことに、菫自身が気づいていなかった。

菫はじわじわと気づいていき、あるとき完全に気づいた。灰色のつなぎを着て、灰色のキャップをかぶり、軍手を嵌《は》め、腰の右に無線を、左に汚れ落としのスプレーとキズ補修用クリームとつや出しクリーム、ふきんの束を下げて、巨大な骨格標本をごしごしこすっている最中に。

機械専用の保養所がどこもそうであるように、M社のドローン専用保養所には、実にさまざまな骨格標本が置かれている。ネズミがあり、コウモリがあり、蛇があり、象があり、クジラがあり、そのほかの膨大な動物の骨がある。探せば人もある。どれもだいたい同じ大きさで、だいたい同じ巨大さだ。大人の男がまっすぐに立って肋骨のなかを歩いても背骨で頭を打つことがないくらいのサイズで、倒壊防止のために地面に腹這いか横倒しになった姿勢で安置されている。いくつかは仰向けだ。それだと、肋骨のアーチを見上げながら背骨の上を歩ける。菫は歩いた。両手をまっすぐに広げて、バランスをとったりして。

ドーム内の空はいつも藍色のグラデーションで、夕暮れか夜明けか判別がつかない。寒くはなく、暑くもない。肌に風は感じないが、空気は淀まずそっと循環している。雨は降らない。雨はよくない。雨はなにかと劣化させるから。床は白い砂で覆われていて、巨大な骨格標本群はそこにさりげなく埋もれ、いかにも風化したように見せかけられている。

菫のアルバイト先の保養所を利用するドローンは、比較的小型のものばかりだった。小さいドローンは虫くらいだし、大きなドローンは菫が両手両足を広げて寝転がったくらいのサイズ。形態は、用途によって多少の違いはあるものの、おおむね本体から四方向に突き出たアームにプロペラがついていた。

どれもとんでもなく優秀なドローンだった。

ドローンが私たちの戦争を実行し、ドローンが天変地異を察知して私たちに警告し、ドローンが私たちの行けないところへ行って映像を撮影し、ドローンが私たちの通信を媒介し、ドローンが私たちを救助し、ドローンが私たちの体内から病巣を取り除き、ドローンが私たちのために計算し、私たちが使う下位の機械をまたたくまに生産する。

ぜんぜんってわけじゃないけど、あまりものを考えないタイプの機械を。テレビとか、洗濯機とか、こたつとか。それにもちろん、ドローン自体もドローンがつくる。

この優秀なドローンをはじめにつくったのはもちろん私たち人間だったが、ドローンたちはあまりにも優秀なので、必要に応じてみずからを改良し、殖えるようになった。そして、むやみと殖えすぎないくらいにドローンは優秀だ。

ドローンにくらべると人間はうっかりしているし、ミスをするのが人間だ。機械でもこのくらい上等な機械は休息とリフレッシュを必要とするってことに、私たちはなかなか気がつかなかった。電源を切るとか部品を取り替えるとか、そんなのじゃ機械はいまいち休まらないんだってことに。

もし、しびれを切らした機械のほうからアクションがあって教えてくれなかったら、今だって私たちは気がつかないままだっただろう。万が一勘のいい者が気づいたとしても、機械たちの求める保養所がどんなものかは思い描くことができなかったにちがいない。

機械たちは、夜でも昼でもない空間を要求した。白い砂の砂漠を、たくさんの動物の巨大な骨格標本を要求した。こんなものは機械たち、あの優秀なドローンやアームロボット、なめらかな直立二足歩行をやってのけるアンドロイドなら自分たちでつくれるのに、つくらなかった。私たち人間が、機械たちのために手ずからつくることを紙なんか、と胸のうちで笑う。菫は、ビールの空き缶を拾ったこともあった。

　圭には、その話をした。彼が、菫のいちばん最初の恋人だ。

　圭は、同じ大学に通う同級生で、構内の食堂で菫に声をかけてきた。菫は、ひとりでぼんやりとうどんを食べているところだった。清掃員のアルバイトをはじめてから、ひとりでいることが多くなっていた。ひとりでいるのが平気だと気づいたのだ。

　菫は、どんぶりのなかのうどんを箸ですくい、うどんの白さは骨格標本の白さに似ているなどと考えていた。似ているのに、こんなにふにゃふにゃしているのが不思議だった。菫の手に、軍手やふきん越しに触れた骨格標本のはねかえしてくるような硬さが残っていた。周囲で交わされる会話やざわめきは、無線の向こうの意味のない会話と同じだった。

　圭が現れて向かいの席に腰を下ろし、菫に話しかけ、菫のことを美人だと言っても、菫はまだぼんやりして口のなかでふにゃふにゃのうどんを噛んでいた。彼の言った意味がわかると、なおさらぼんやりした。そんなふうに言う人は、多くはなかったからだ。というより、かなりめずらしかった。菫はとても気をよくして彼の気持ちを受け入れた。それに圭はまだ、テキサス、オクラホマのワッペンをくっつけた生肉色のパーカーを着ていなかった。

　一度打ち解けると、菫はよく圭に話をした。圭は菫を無口な子だと思っていたので少し驚いたが、それで怖気付いて去っていくこともなかった。むしろ歓迎した。菫にしてみれば、当然のことだった。圭は自分から菫を好きだと言ってきたのだから、菫を全面的に受け止め、支持する義務と責任があった。圭は菫の女友達や、バイトの同僚たちとは立場がちがう。圭と話すのに、緊張はなかった。菫と圭は背丈がほとんど変わらず、互いの言葉が一度で聞き取れないことはなかった。

「ビールの空き缶？　ほんと？」圭が疑わしげに言った。

「ほんと」

「なんで？　ドローンってビール飲むの？」

　菫は怒りを込めて笑った。

「うちのふざけたバイトの人たちとおんなじこと言わないで。ドローンがビール飲むわけないでしょ。ビールを飲むのは、人間」

「え、じゃあなんでそんなのが落ちてるの」

「だから、人間が飲んでるの」

「人間って、どの人間？　きみみたいなバイトの子？」

　菫は一瞬黙った。

「うん、そうかも」考え込みながら、彼女は言った。「あのね、バイト仲間のあいだでは、営業時間に不審者が入り込んでるんじゃないかって」

「そうなの？　そんなかんたんに入れるの？」

「うーん、まあね。人間は、人間の警備員がひとりかふたり立ってる通用口を通るだけだから、入れないことはない……」

「でもそんなとこ入り込んでなにすんの」

「知らないよ。お客さまといっしょにくつろいでるんじゃない？」

「お客さま？」圭がきょとんとした。

「そう、お客さま。ドローンのことだよ、わかるでしょ？」

菫は、もう上の空だった。なにかにぴんと来たが、それがなんなのか少しのあいだわからなかった。

彼女がとつぜんものを言わなくなったので、圭は自分の番だと思った。彼は自分の話をはじめた。圭のほうにだって、菫に聞かせたい話がいろいろある。

菫は、生返事するばかりだった。彼女は、仕事をしているときの快感を思い出していた。骨格標本に付着した油染みやねばねばする汚れやくもりを取り除き、砂からプラスチックのかけら、ビニールの切れ端、金属の部品、紙くずを拾い上げるとき、菫はほとんどなにも考えていなかった。考えなくてもよかった。なにも考えないのがこんなにいいとは、菫は知らなかった。体を動かしていると、自分が機械になったような気がしたし、逆に、生き物なんだという実感も湧いた。

隣を歩いている圭が、菫の手を握り直し、反対の腕を軽く振ってなにかを話していた。菫はうなずき、マンホールの蓋をぱかんと開けたみたいな顔を彼に向けて、話の続きをうながした。圭は、少し言いよどんでから、気を取り直してまた話していた。保養所にガムの包み紙やビールの空き缶を落としていく侵入者は、たしかにアルバイトの清掃員のなかにいるにちがいない。菫は、そう思った。菫が侮っている、あの無駄なおしゃべりばかりしている連中のなかに。

怒りが喉をさかのぼってやってくるのがわかった。焦りで、悪寒がするようだった。菫は戸惑い、それから自分の感情にしずかに身を預けた。

「どうしたの。疲れた?」と圭が言った。

「ううん、べつに」と菫は答えた。

保養所のセキュリティは、たしかに行き届いているとは言えないが、それにはちゃんとわけがある。あれらが上等の機械たちのための保養所である以上、ある一定以上のレベルの機械を働かせるのはこちらのホスピタリティに反する。なにより、上等の機械での管理を免れている施設は今やごくわずかであり、私たちの手でつくり、私たちの手で管理するこの貴重な現場を手放すべきではないという気運もあった。これは、機械側の望みでもある。もし望まないのなら、機械のほうでさっさと運営に取り掛かっていただろう。それに、上等の機械でも、しょせん機械だ。人命ではない。そこまで安全に気を配ることもない。

菫は、はじめてのキスをした。まっすぐに前を向いて突っ立っているだけで、ことは済んだ。菫は過剰な期待はしていなかった。ただ、ほっとした。済ませるべきことをひとつ済ませた、と思った。

菫は、長身を活かして俯《うつぶ》せている骨格標本の背骨にのぼり、またがって棘突起《きょくとつき》の溝のくすみを丁寧にぬぐっていた。考えようとしているわけではないのに、圭がキスをしようと近づいてきたとき、くちびるがすこしめくれあがってわなないたのが頭から離れなかった。見てはならないものを見てしまったと、あわてて目を閉じた。すると菫のほうでもくちびるに力が入り、きっと圭とそっくりのかたちになってしまっただろうと思われた。それは、菫の誇りを傷つけた。棘突起のひとつひとつを執拗にぬぐうあまり、菫は業務時間の終わりを告げるブザーにも、無線を介して聞こえる「あーやっと終わった」「おつかれー」「あ、今日さあ、このあと……」という決まりきったやりとりも聞き流してしまっていた。

そのうちに、ブーンとしずかな、心をなだめるような音が耳にすんなりと入った。聞こえているのか聞こえていないのかわからなくなってくるほどのしずかさだった。

手をとめ、息もとめて数秒聞き入ってから、はっと菫は顔を上げた。お早いお着きのお客さまの稼働音だった。

「あ、えっと、いらっしゃいませ」宙をすべるように飛ぶお客さまを見上げ、キャップを取った。「どうぞごゆっくり」

あわてて着替えて通用口へ向かうと、警備員が眠そうな目を菫に向け、なにも言わなかった。

圭は、菫の誕生日に骨格の写真集のデータを贈った。これは菫も喜んだ。さっそくタブレットを、つなぎのお腹に隠して仕事場に出た。骨格標本は動物の名前ではなく、置かれているエリアとその中での位置の番号で管理されていたので、それまで菫は自分がせっせと世話を焼いてやっている動物がなんなのかよくわかっていなかった。彼女はセグウェイでこれと決めた骨格標本のまわりをぐるぐると周り、ぐっと離れて観察したり、近づいて観察したりして動物を特定してまわった。彼女の見立てはさほど正確ではなかった。とはいえ、菫と答え合わせをする者はなく、間違いを指摘する者もなかったので、菫はわざとドローンが入ってくるまで残業して、こんなふうに言ったりした。

「お客さま、長らくくちばし部分にわずかな欠けのございましたスジイルカですが、補修が完了いたしました。どうぞごゆっくりおくつろぎくださいませ」

菫は、はじめて抱きしめられた。女友達を抱きしめ、抱きしめられたことはなくはなかったが、相手の肉体の安定感は段違いだった。ためしに、菫はもたれてみた。圭はびくともしなかった。これなら、と菫は思った。もし圭がよろけたり、ころんだりしたとしても、それは私のせいじゃない。圭が不注意だっただけで、ぜんぶ圭の責任だ。

保養所の骨格標本も、実にじょうぶだった。ドローンは、小さく見えてもかなりの重量のものもあり、標本はそれに耐えなければならない。うっかりセグウェイでこすったくらいでは、汚れるだけで破損することはない。菫はガラガラヘビの頭に腰掛けていて、細く尖った歯に無線を落としたことがあったが、歯は無事だった。仕事に疲れると、横倒しになったユキウサギの肋骨の上に仰向けになった。肋骨の湾曲に体を沿わせて背をしならせると、筋が伸びて血が新しくなるようだった。ときどき、菫はそのまま仕事をさぼった。ずっとそうやって寝転んでいて、しかし寝入ることはなかった。ここで心みたいなものを安らげる機械たちの気持ちが、私にはわかると菫は感じた。

菫は、はじめてセックスをした。ちかぢかこうなることはわかっていたので、キスのときと同じく過剰な期待はしなかった。それでも、あまりにもあっさりと終わったことに菫は拍子抜けした。他人の皮膚の意外なほどの熱さだけが、いつまでも印象深かった。軍手を外し、骨格標本にてのひらでじかに触れる。すると、てのひらが発熱して標本に熱が移っていくのがわかった。じっとそうしていると、てのひらと指先から、自身の熱を下げるかのようなつめたい汗が湧いて標本をぬめらせた。菫は軍手を嵌め直し、ことさら丁寧にスプレーをして拭き取った。

圭が、例のパーカーを着はじめた。いつから着ていたのかはわからない、でも気がついたらそれを着ていた。ちがうものを着ていることももちろんある、でも気がついたらそれを着ている。生肉色に度肝を抜かれて、しばらく菫は文句をつけられなかった。こんなとんでもなくださいパーカーは、すぐに着なくなるだろうと楽観してもいた。しかし、菫が黙っているのをいいことに、圭のパーカー着用率はだんだん上がっていき、ついに菫は口を開いた。

ひとどおりの罵倒を、圭はさほど動じることなく聞き通した。

「でもさ」と圭は言った。

なにが「でもさ」だ、と菫は心の中でなじった。

「これ、ダブルファスナーなんだよ」どうやら圭は自慢しているようだった。ファスナーのつまみは、彼の言うとおりふたつあった。上からも下からもファスナーの開け閉めができる。菫はいらいらした。菫もそのときパーカーを着ていた。といっても、おとなしくて良識的で永遠のスタンダードといえる、ただの灰色のパーカーだ。それには、ふつうのファスナーしかついていなかった。ダブルファスナーじゃない。つまり、圭のパーカーのほうが値が張ったと考えられる。

「馬鹿みたい」と菫は言った。

「なんとでも言え」と圭は返した。

菫はどうにかして圭をやりこめようと、一歩離れてじっと彼を見た。そして、言った。

「生肉。それ、生肉そっくり。生肉色」

「そんな色はない」圭が笑った。

「じゃあ生肉はなんていう色なの」

「ピンクじゃない？」


菫はほぼ毎回、勝手な残業を続けている。お客さまは多いときもあれば、少ないときもあった。多いときは、ちょっとした鳥の群れみたいにドローンが寄り集まってかたまりをつくり、菫の上に黒い影を落とした。ドローンのほとんどは黒か灰色で、ときどきピンクやオレンジ色の個体があった。

「いらっしゃいませー」明るく、朗らかに、と心がけた結果、菫の挨拶は間延びして軽薄そのものだった。菫はかならず挨拶をした。「ごゆっくりどうぞー」と声を発しながら、ドローンたちの下をセグウェイで走る。

ドローンは見向きもしなかった。飛ぶ速度をゆるめもしなかった。当たり前だが。あるとき、「いらっしゃいませー」に「待て待て、止まれ、轢《ひ》かないで！」という悲鳴が混じった。菫はセグウェイを急停止した。

目の前の砂に、男が埋もれて顔だけを出していた。よく見ると、すぐ横の骨格標本の骨のあいだからセグウェイが倒してあるのが見えた。砂がうねり、男が上半身を起こした。灰色のつなぎを着ていて、手には灰色のキャップを持っていた。顔に見覚えがあるかどうかはいまいちわからなかった。

男が完全に砂から立ち上がり、つなぎのあちこちを手で払っているあいだに、菫はタブレットを取り出し、骨格標本を見上げた。

「アルマジロ」

男は、タブレットと標本を見比べた。

「ちがうんじゃない？　だって、なんていうのあれ、ほら、鎧？　甲羅？　これにはついてないし」と標本を指差す。

「皮骨《ひこつ》」と菫は言って、タブレットをスワイプした。画像の骨格から外骨格が取り除かれ、内骨格のみになった。そうすると、目の前の標本と画像はなかなかよく似ていた。

男と菫は、アルマジロらしき骨格標本の際に並んで腰を下ろした。

「ガム食べる？」と男が言った。差し出されたのはクールミントだった。

「ゴミは持って帰りなよね」と菫が苦言を呈した。

「あんたって、あんまり無線でしゃべらない人だよな」

「あんまり、じゃない。私語はしない主義。仕事中だし」

「なんで？　変なの」

菫は、男にわからないように鼻で笑った。

ふたりの上空を、呼吸の音ほどのしずけさでドローンが飛び交っていた。

「なんで人間とはしゃべらないのにお客さまには挨拶すんの？」と男が尋ねた。

「だって……」と菫は言った。

ほどなくして、ドローンたちが宙でぱっと散らばり、それぞれ選んだ骨格標本のもとに落ち着いた。アルマジロの標本にも、一体来た。

「あっ」と菫が言った。

「しっ」男がたしなめた。

そのドローンは鍋くらいの大きさで、黒々と光っていた。ドローンは、頭骨の両脇に配された前脚の指骨に着地した。

見渡すと、ほうぼうの標本にドローンが虫みたいにとまっていて、もはや身じろぎひとつしなかった。

「なにやってんだろうな」男が声をひそめて言った。菫は怪訝そうに男の顔を見た。

「なにって……休息してるんでしょ」

「まあそういうことになってるけど」と男がささやいた。「実際のところはわかんないだろ」

「うん、まあそうだけど……」菫も小声だった。「ところで、ふつうにしゃべっちゃだめなの？」

男はあきれたように言った。

「連中を見ろよ。しずかにしてるだろ。邪魔してやるなよな。かわいそうだろ」

でもほんとうにそうだろうか、と菫は思う。ぽつんぽつんと、寄り添うことなく一体ぼっちでいるドローンたち。菫の目には、さみしいものに映った。そもそも、砂漠に骨格標本の点在する景色が、私たち人間にとってはじゅうぶんにさみしいものに映るのだが。

この男より長くここにいようと菫は決めた。早く帰ればいいのに、と念じる。そのうちに、菫は、圭を思い出していた。あのびくともしない体、いつも予期する以上に熱くて菫をびっくりさせる皮膚。

男が「じゃ、帰るわ」と言うまで、二人は口を利かずに座り通した。「勝った」と菫は思った。

大きくゆるく弧を描くハゲワシの尺骨でバランスを取って立ち上がり、見渡すと、セグウェイで移動する灰色の制服の仲間たちが二、三人見える。そのうちのどれかがこの前の男かどうかはわからない。無線から、また無意味なおしゃべりが漏れている。

「きのう寝てないんだー」

「今度さあ、駅前にできたカフェに行こうよ」

「カフェだっけ？　ドラッグストアじゃない？」

「ねーむーいー」

「だから前から言ってるだろ、ここは空気が乾燥してるから」

「そういえば、今日はしゃべらない人、入ってますよね。いますかー」

「あーいるの、あのしゃべらない人」

「あのしゃべらない人、ドローンには挨拶するらしいよ」

「うっそ、なんで？」

「しゃべらない人に聞いてみようよ」

「しゃべらない人、いますかー」

「いますかー」

「いーまーすーかー」

菫のことにちがいなかった。女の声も男の声もあって、男の声はやっぱりこの前の男のものかどうかわからなかった。菫はかっとして無線を切ろうとして、落とした。靴が砂にずぼっと半分はまった無線から、笑い声が響く。菫は尺骨から飛び降りた。靴が砂にめりこみ、膝をつく。そのまま、無線をつかみあげて切った。

その日、菫は残業を大幅に延長し、カモメの肋骨と背骨がかたちづくる卵型の空間で、横倒しにした体を丸くして過ごした。ドローンたちがやってきて、一体が菫の真上の骨にとまった。冷蔵庫に貼るマグネットくらいの、小さなドローンだった。毒々しい赤い色をしている。

「ねえ、どんなことができるの」菫がかすれた声を出した。

菫は体を起こした。ドローンに向かって手を伸ばす。

「どんな機能のドローンなの。教えて」ドローンは沈黙を守った。菫はしばらくぐずぐずしていたが、やがて立った。今度は、伸ばした手はドローンが落ち着いている肋骨に届く。と、触れかけた途端に、ドローンがかすかなうなりを上げて宙に浮いた。

菫はむっとした。ドローンはそのまま飛び立って、べつの骨格標本の上空で停止し、ゆっくりと降下する。菫はカモメから飛び降りて駆けた。砂の上は少々走りづらく、軽々と飛ぶドローンを見たあとでは体はひどい重さだった。菫は息を荒らげながらそのドローンがとまった標本によじのぼる。

「音声機能あるでしょ。ないの？」

ドローンが、また宙に浮く。今度はもっと遠くの標本へ。菫は標本から降りて、もとのカモメの標本へ駆け戻った。砂の中に倒しておいたセグウェイを起こし、全速力でドローンを追う。新しい標本に降りようとしていたドローンが、砂を蹴立ててやってきた菫に気づき、またふわっと急上昇する。

「待って、行かないで」菫は追うのをやめない。「音声機能がなくてもいいの、そばにいて」

菫は、灰色のつなぎとキャップのままで通用口から出た。警備員がなにかを言ったが、菫は人間とは話す気になれなかった。自分のアパートには帰らず、圭のアパートへ行った。

「みんな、だいっきらい」菫が言い、圭は「話したくない人とは、話さなくていいよ」と彼女の頭を撫でた。

「ばかばっかり」と菫はつぶやいた。汗と砂にまみれたつなぎを脱ぐと、圭がそれを洗濯機に入れた。

菫は翌日のアルバイトを休まなかった。欠勤するとか、辞めるという考えはなかった。圭が部屋のすみから紙袋を出してきた。埃《ほこり》まみれなのを、叩いて払いながら近づいてくる。菫は、洗濯したつなぎを入れ、床に落ちている圭の服を着た。さいごに生肉色のパーカーを羽織った。

「おっ」とうれしそうに圭が言った。

「こんなパーカーが存在してる意味がわかんない」力なく菫は言った。「なんなの。なんでテキサスとオクラホマなんだよ」パーカーは、このまま返さないつもりだった。返さずに隠してしまえば、もう圭が着ることもない。

保養所の従業員用ロッカールームで、ふと思いついて菫は圭のパーカーの上からつなぎを着込んだ。終業後、頭の上をドローンが行き来するなかで、つなぎの上半身のジッパーを下ろし、生肉色のパーカーを露出させた。菫は、ほかのアルバイトたちと自分はちがうのだということをドローンに見せたかった。それに、変なパーカーを見て、ドローンといえどもぎょっとするのではないかといういたずら心もあった。

保養所内の監視カメラの記録によれば、菫は四度にわたってそのパーカーを着てドローンたちを追い回している。はじめに目をつけた、あの小型のドローンには執着しなかった。というより、できない。同型のドローンを見分けることはできるが、そのなかから特定のドローンを識別することは菫には不可能だ。

それにしても、菫はドローンならなんでもいいようだった。監視カメラには、保養所内をセグウェイで駆け回り、自身の脚でも駆け、骨格標本によじのぼり、飛び降り、手当たり次第ドローンに飛びつき、ドローンをつかもうとし、ジャンプし、転び、泣いたり叫んだり笑ったりする菫の様子が克明に残っている。
「どうして?」と菫はたびたび叫んだ。ドローンは、どれひとつとして菫に答えを返さなかった。菫を無視し、菫の干渉を避けるために、ドローンたちは移動を余儀なくされた。ドローンたちの休息は(それが休息だとすればだが)、妨げられていた。

あの日、圭がなぜ保養所を訪れたのか正確なところは私たちにはわからない。圭は、保養所でアルバイトをする菫の恋人だということで一応マークすることにはなっていたが、それは菫といっしょにいるときに限られていた。仮説としては、その前の一週間を菫が圭と会わず、大学にも行かずに過ごしたことで、圭が不安になって会いに来たというのが考えられるが、それにしてもなぜ菫の部屋でなくて保養所を選んだのかは謎だ。

ちょうど、清掃員の勤務時間が終わり、アルバイトたちが通用口を出て行く時間帯だった。圭は、そこを快活に、だがだるそうに警備員やアルバイトたちに挨拶をしながら逆流した。「忘れ物しちゃって」と、言い訳まで口にしている。そのあと、ロッカールームをのぞき、菫を探した。菫は見つからず、彼女の名札を貼ったロッカーを見つけた。鍵はかかっていなかった。圭はロッカーを開け、自分の生肉色のパーカーを発見。それを着て、壁にかかっていた無線をひとつ取り、ドームに向かう。

すでにドームにはドローンたちが入室し、それぞれの落ち着き先を見つけつつあった。菫は、それらを恨めしげに見上げながらセグウェイを駆っていた。そこへ、無線から「えー菫、応答願います」と声がした。

「えっ」と小さく叫び、菫は停車してあたりを見渡した。

「えー、菫から見て五時の方向です」と圭は笑った。菫は振り返った。圭は、首をもたげたポーズを取っているオタリアのたくましい頭骨の上で両手を上に挙げてぴょんぴょん跳ねていた。

無線を口に当て、「どうして」と菫が叫んだ。その声は、圭が右手に握っている無線からも発せられ、やけに大きくあたりに反響した。

そのとき、ドローンたちが動いた。ドーム内にいるすべてのドローンが一瞬前までいた位置から一メートルほどふわっと浮き、それからいつもどおりの稼動音でしずかに、だが恐ろしい速さで圭に襲い掛かった。ドローンたちの仕事は、二十秒ほどで済んだ。

菫が動いたのは、ドローンたちが散り、それぞれの標本に落ち着いてからだった。

「圭？」菫はかすれた声で無線に話しかけた。応答はなかった。

オタリアの頭骨の上には、無線と生肉色のパーカーだけが残されていた。菫は監視カメラの映像でもわかるほどはっきりと指を震わせながら、パーカーを回収して持ち帰った。

　帰宅後、手帳に彼女はこう記している。「あの優秀なドローンたちが私と圭を見誤ったということは、私はすくなくともドローンたちの心みたいなものを混乱させることができていたということだと思う。」

　それから、糸がほつれて剝がれかけていたテキサスとオクラホマのワッペンを、丁寧に縫ってつけ直した。このために、菫は携帯用の裁縫セットをコンビニで買った。

　恋する女は、なにを考えるかわからない。

　圭の捜索願いが出されたのは、一ヶ月後だった。出したのは、離れて暮らす両親だった。そのあいだ、またそれからも、菫は圭のためになにもしなかった。圭の話をあまりよく聞いていなかったので圭の実家がどこにあるかも知らなかったし、圭とつきあったのはたった二ヶ月半に過ぎなかった。たがいの友達との交流もなかった。菫としては、ドローンたちをかばう気持ちも大きかった。彼女は、保養所のアルバイトを辞めた。

　菫がドローンたちを告発する気配がないので、私たちも菫を監視するだけにとどめている。私たちにも、ドローンたちを告発するつもりはない。圭は法的には今も行方不明のままだ。

ドローンに限らず上等の機械が人間を不意に解体する例は、件数こそ少ないが、このようにたしかに起こっている。私たちは、このことが世間に公にならないよう腐心している。なぜなら、もはや私たちは機械を失っては生きてはいけないからだ。ああいった保養所が機械たちにとってどのように役立っているのかは不明のままだが、私たちと機械たちはうまくやっている。私たちの生活はますます便利になっているし、それを支えているのは機械たちだ。このごろでは、機械のほうが私たちを大目に見て、養い、かわいがってくれているのではないかという説も一部でささやかれるようになってきた。それならそれでかまわないだろう。私たちが存在しているのは総体として存在しつづけるためであって、機械たちを支配するためではない。

今夜、菫は彼女の部屋で、ベッドに人間の恋人と横たわっている。恋人のほうは寝入り、彼女は覚醒していて、羽織ったパーカーのテキサスとオクラホマの糸文字を右手の指でやさしくなぞっている。白目を光らせて、菫はエアコンや冷蔵庫、外の道を行く車のうなりに聞き入っている。それらは、あの上等のドローンたちの洗練された稼動音とは比べものにはならないが、実ることなく終わってしまった恋を思い出すよすがにはなるようだ。

マイ・ハート・イズ・ユアーズ

男の子たちが踊っている。白いシャツからほっそりとした白い首と白い腕を伸ばし、暗い舞台で跳ねている。七人の似たような顔の男の子たちが、目にかかりそうな長めの前髪を振りたて、薄くてはかない腹を折り、ありえないほどによじり、飛び上がってくるんとまわる。

そのなかのひとりが膝立ちになり、前に滑り出る。のけぞり、のどをさらけ出す。シャツよりまぶしくて白いのどに、のどぼとけがぐぐっと浮き出る。彼が歌う。マイ・ハート・イズ・ユアーズ。マイ・ハート・イズ・ユアーズ・フォーエバー。愛している。きみと過ごすこれからの日々を。ぼくが言葉を失くしても。信じている、ぼくの声がきみに届くことを。だからきみも信じてほしい。ぼくのハートは永遠にきみのもの。

ものすごい歓声が上がる。私たちが上げたんじゃない。動画のなかの、幸運にもこの〈イノセント〉のライブを生《なま》で見た女の子たちの歓声だ。静子があわててパソコンの音量を下げる。それでも、消しはしない。消そうと言い出す子もいない。おしまいまで見てから、私たちはため息をつく。

「あーかわいい」

「若いなー」

「若い子はいいなー」

「ヒカルとつきあいたいー」と私が言う。

「ちょっと雪乃、あんた結婚してるでしょ」

「してるけど、こういうのは別」

「まあそうだよね。私もヒカルとつきあいたいー」

「私もー」

「友だちがヒカルがロケしてるの見たことあるらしいけどさあ、ヒカルすっごく小さいんだって。ほんと、風が吹いたらどっか飛んでいっちゃいそうなくらい」

「そうなの!?　やっぱりなー」

「こらあんたたち」うしろから、課長が私たちに怒った声で言う。「就業中に堂々とアイドルの動画見るなんて、あんたたちどうなってんの」

「えーすみませーん」と私たちは笑う。

私たちは、課長がわざと怒った声を出しているのをちゃんとわかっている。課長は、動画のなかごろからうしろに仁王立ちになっていて、私たちは課長がその位置からでも動画が見やすいようにそれぞれちょっとずつ頭の位置をずらしてあげていたのだ。女はみんな、若くてきれいで細くて小さくてかわいい男が好きだ。これは本能だ。

私たちはキャスター付きの椅子に座ったまま、ピンヒールで床をだらしなく蹴って課長に向き直る。

課長の、体にぴったりしたワンピースのお腹のところが、すごく膨らんでいる。課長はじきに子どもを産む。こんなにお腹を大きくしているのに、課長はお気に入りのピンヒールのニーハイブーツを履いている。

私は課長の夫を思い起こす。彼は会社のバーベキューパーティーに連れられてきて、にこにこしながら肉を焼いている男性社員に近づき、なにげない仕草でトングを奪った。そのあとは、ずっとかいがいしく肉を焼いてくれた。骨太の、ずいぶん大きな人だった。だから私は、課長はこの先は子どもを持たないつもりなのかと思っていた。課長には、すでに子どもが一人いる。もちろん課長はまだまだ子どもを産むことができる年齢だけど、二番目の夫としてああいう人を選ぶということは、そういうことだ。一般的には。

今どき、子どもをつくらずに添い遂げる夫婦なんてべつに珍しくもない。そういうのもすてきだと思う。愛だ。

でも、そうじゃなかった。課長がある日こんなふうにお腹を大きくして出社したものだから、私たちはみんなとても驚いた。

「夫がどうしてもって頼むもんだから」いつもはきはきしている課長が、照れながら言った。「決断しちゃった」

私たちは、課長が意外に古風だったことにも驚いた。あんな、適齢期をとっくに過ぎてしまったような夫に折れて子どもをつくるなんて。それに、あの夫がおとなしそうに見えてちゃっかりしていたってのも驚きだった。適齢期を過ぎて課長に負担をかけるのがわかっているくせに、どうしてもだなんて。

静子が、課長に半泣きでつっかかった。

「だってそんなの……男のエゴじゃないんですか？　課長になにかあったらどうするの？」

男は性欲が強くてだいたいいつでも子どもをつくりたがるけれど、実際につくるかどうか決めるのは私たち女だ。

むかしは、夫がたとえ若くなくても、夫の懇願を受け入れない女は女らしくないなんて非難を浴びたらしい。くだらない。今はそんな時代じゃない。産む主体は女なのだから、子どもをつくるのもつくらないのも女の一存で決めていいに決まっている。

課長は、落ち着いて静子に答えた。

「実は夫にはこれまでも何度か頼まれたことがあったんだよね。でも、いまいちその気になれなくて……。ただささあ、夫の年齢を考えるとね。夫にしてみれば、ここらあたりが最後のチャンスじゃない？　これ以上待たせてさらにあの人の体が大きくなっちゃったら私もさすがに無理だし、もう成長しないとしたらあとは老いるばかりでしょう？　それもかわいそうだなあって思って」

はい、じゃこの話はおしまい。課長はきっぱりと言い、軽く手を打ち鳴らした。そう言われると、私たちは、静子だって、言い募《つの》ることはできない。

もし私だったら、と考える。もし私の夫が課長の夫みたいに大きくなってしまったら。私には、とても無理だ。適齢期を過ぎた夫と子どもをつくる夫婦もすてきだとは思うけれど、あそこまで大きなお腹を抱えるつもりはない。あんなになったら、私だったらピンヒールのニーハイブーツで歩き回ったりできないだろう。ぼわっとしたワンピースを頭からかぶり、スニーカーを履いて、情けない顔でのろのろと歩くにちがいない。課長はすごい。体力がある。運動神経がいい。

それに、根性も据わっている。

課長のお腹を見て、きっと誰もが思う。若くて小さい男なら、こんなふうに女の人にたいへんな思いをさせないって。

だから、課長は、ちっとも大変じゃないふりをするために、敢えていつもとまったく同じファッションに身を包んでいるのだ。誰にも同情させないために。世間の人が、課長の夫を悪く言うことで課長をなぐさめたり励ましたりすることがないように。

　愛だ。

　私がじっとお腹の膨らみを見つめていることに気づいた課長が、「なによ」と微笑みながら私を睨み付ける。

「愛ですね」と私は言う。口に出すと、急に涙があふれそうになった。うつむく私に、「え、ちょっとなによ。どうしたの」と課長が中腰になる。あのお腹で。ピンヒールのニーハイブーツで。やっぱり課長は運動神経がいい。

「でもわかるー」と真知子が言う。静子も、ほかの子たちも真顔でうなずいている。

「愛ですね。愛ですよ。課長」

「だよねー雪乃」

　私は口元をおさえ、首を縦に振る。

「なによ、あんたたち」課長が姿勢を正した。胸を張る。そうすると、お腹の膨らみの真ん中を通る背骨がごつごつしているのがよくわかる。ワンピースの布地を荒々しく押し上げるそのかたちが、課長の夫の頑《かたく》なさと重なった。

「さっきまで〈イノセント〉のヒカルがいいとか騒いでたくせに。まあ、いい男よね。それは認める。でも、ヒカルだってすぐ大きくなっちゃうのよ。男の子の旬なんて、すぐ過ぎちゃうんだから」

課長は自然な仕草でお腹を撫でる。しっかりした、のびやかな指で背骨の凹凸をなぞっていく。すると、急にその凹凸が取るに足らない、もろいものに見えた。


白いシャツの男の子たちが踊っている。〈イノセント〉は六人になった。ヒカルはもういない。とつぜん人気女優との熱愛報道が出て、ファンが悲鳴を上げているあいだにさっさと子どもをつくってしまった。課長の不吉な予言は外れた。ヒカルは大きくならなかった。旬のうちに、ちゃんと消えてなくなった。女優は、妊娠したばかりでいちばんお腹が大きい時期だというのに、テレビドラマで主演をつとめている。お腹はよく見ればうっすら膨らんでいるという程度で、妊婦だと知らなければうっかり見逃すほどだ。さすがだ。さすがヒカル。

「ヒカル、胸板薄かったもんね……」パソコンの画面をぼんやり見つめながら幸恵がつぶやく。

「アラタも悪くないよ」新しくボーカルとなった男の子を指すと、彼の小さな頭が私の丸い指先に隠れてしまった。

「うーん、アラタかあ。アラタなあ」

アラタは胸を両手でおさえ、声をしぼり出すようにして歌っている。マイ・ハート・イズ・ユアーズ。マイ・ハート・イズ・ユアーズ・フォーエバー。

「ぼくがぁ、言葉を失くしーぅしても」アラタの声に重ね、小声で静子が歌う。「信じいーているー、ぼくの、声がきみに、届くーぅことをー」

「あーあ、もう私たちにヒカルの声は届かないね」

「あの女優にだってヒカルの声は届いてないって」私が言うと、みんな笑った。

「ひどーい、雪乃よくそんなひどいこと言えるね」

「だってほんとうでしょ」

「あーあ、声は届かなくてもヒカルのハートは私のものにしたかった……」

「こらあんたたち」うしろで課長が仁王立ちになっている。私たちはキャスター付きの椅子に座ったまま、ピンヒールで床をだらしなく蹴る。

課長は腕組みをしている。お腹はだいたい平らになっていて、相変わらずのぴったりとしたワンピースには、やや右にカーブする背骨の凹凸がかすかに浮かぶだけだ。臨月なのだ。

「さっきね、取引先の人からケーキもらったから。ホールで。ちょっと早いけど、出産祝いだって。今、佐々木くんに適当に切り分けてお皿に載っけてもらったから、あんたたち食べなさい」

私たちは歓声を上げる。課長の陰になっていてわからなかったけど、課長が体をずらすとお盆を持った佐々木くんがいた。佐々木くんはおもしろくなさそうな顔をしている。課長がお盆から一皿を取って席に戻ると、佐々木くんが「ほら、あんたたちも自分で取って」と私たちにうながした。

「えーサービスわるいー、席に置いてよー」と静子がちゃかす。

「ちょっと静子、そういうのって男女差別だよ。ごめんねー佐々木くん」真知子が立ち、お皿を私たちの席に並べはじめる。

「だいたいさあ、こういうの男に切り分けさせるってのも男女差別だと思うんだよね」お盆を持って突っ立ったまま、佐々木くんが愚痴を言う。「だって俺はさっきまで席に座ってきちんと仕事してたわけよ。で、あんたたちはパソコンで〈イノセント〉見ながらおしゃべりしてんじゃん。なのに、なんで俺なの？　ケーキ切り分けてお皿に載せるのって、仕事を中断してまでやんなきゃなんないことなの？　あんたたちがやればいいじゃん。あるいは、冷蔵庫に入れといて食べたいやつが各自切って食べればいいじゃん」

話の途中から私はケーキを口にしていて、彼が言い終わったときには食べ終わっている。

「うーんそうだよねー佐々木くん、ごめんねー」くちびるについた生クリームを舐めとりながら私は謝る。本音では、佐々木くんがやればいいと思っている。だって、すごくきれいに切れてた。私がやったら、切り口の生クリームがぐちゃってなっちゃう。

お盆にたったひとつ自分の分のケーキを載せて、それでもまだそこにいる佐々木くんに静子が言う。

「でもさー佐々木くん。私たち仕事、一段落ついてるんだよね。それわかってるから課長も怒らないの。わかる？　あ、佐々木くんは仕事中断したんだっけ。まだできてないんだ。たいへーん。早く戻って続きやったら？」

佐々木くんが顔色を悪くして立ち去ると、幸恵が静子をたしなめた。

「今のはちょっと言い過ぎじゃない？　佐々木くんかわいそうだよ」

「そうかな？」静子はけろっとしている。静子は、佐々木くんみたいに適齢期を逃し、体が大きくなっていてしかもパートナーがいない男に厳しい。

会社には、そういう男がたくさんいる。長く勤めている男はみんなそうだ、当たり前だけど。

「だってああいう男の人って見てても楽しくないもんね」と静子は吐き捨てる。「うちの会社もさあ、ヒカルとかアラタとまでは言わないけどさあ、もうちょっとかわいくて若くて小さい男の子いっぱい採用してくれないかなー」

でも、私はおぼえている。佐々木くんは入社当時は若くて、そこそこ小さくてかわいかった。佐々木くんが子どももつくらずあそこまで大きくなってしまったのは、佐々木くんを選んであげなかった私たち同期の責任でもある。私がそう言うと、「じゃあ今からでもつきあってあげれば？」と静子が意地悪く笑う。

そのとき、フロアの一角が騒々しくなった。私たちはいっせいにそちらのほうへ顔を向ける。

「課長」静子が、くちびるをわななかせた。「課長！」立ち上がって走っていく。

帰宅は、夜中になった。マンションの前で立ち止まり、見上げる。会社でさんざん泣いたので、目がじんわりと疲れている。私の部屋に灯りが点いていて、そのあたたかな光が目の奥に染みる。あそこに、私の夫がいる。まだわりと小さくてかわいい私の夫が。そして、じきに、私が決断できないでいるうちに、佐々木くんみたいにどんどん大きくなってしまう私の夫が。

決断してあげなくてはいけない。夫はそれを望んでいる。男だから、それは、本能で。私も、望んでいる。望んでいないことはない、というくらいの望みだけど、望んでいる。でも、私はもう少し今のかたちの、つまり他人のままの夫といっしょにいたかった。ただ、私のそのもう少し、というのが夫にとって致命的なことになるかもしれないっていうのもわかっている、だから。だって私は課長みたいにできないから。

今日、課長が倒れた。そしてそのまま緊急出産になった。ふつう、健康な女性は、出産するくらいで倒れたりしない。

　夫は、ソファで本を読んでいた。

「ただいま」

　夫がしずかに顔を上げ、ぼんやりと私を見た。睫毛が光っている。

「どうしたの。泣いてる？」

「ああ、ちょっと……」夫が目元を指先で払い、笑った。「ちょっと、この小説読んでたら涙出ちゃって」

「今日はみんな泣いてばっかり」

「あれ、雪乃ちゃんももしかして泣いた？　何があったの？　大丈夫？」

「うん、大丈夫。ちょっとね……」

　冷蔵庫を開けて、夫が私のために用意した夕食を食卓に出す。半分はスーパーで買ったお惣菜で、半分は夫の作り置きだ。ラップを外し、お箸を持った途端、夫の手料理を食べるのもこれが最後になるんだと思って、また新しい涙が湧いてきた。止めようとしたのに止まらなくて、私は嗚咽《おえつ》を漏らして本格的に泣いてしまった。

「え、え、雪乃ちゃん？　なに？　なんで……」文庫本を放り出して、夫が駆け寄ってくる。狭いマンションで、私だったらソファからこの食卓まで三歩くらいだけど、夫の体格だと駆け寄る余地がある。

「雪乃ちゃん?」私は夫を抱き上げ、膝に載せた。夫が私の首にやわらかで頼りない腕をまわす。

「あ、あ、あのね、あのね、子ども、つくろうか。私たち、子どもつくろうか」しゃくりあげながら、言う。「こ、今夜」

言ってしまうと、なにもかも前から決まっていたことだったような気がした。私と夫が結婚した日に、いや私と夫が出会った日に、子どもをつくるのは今夜だと予定され、私たちはお互い言わなかっただけでずっとずっと知っていたような。

「そうか、雪乃ちゃん、決断したんだね」私の肩に顔をうずめて、夫がつぶやいた。しっかりした声だった。ああ、夫も同じ気持ちなのだ。「そうか、わかった。ありがとう、雪乃ちゃん」

私はいっそう激しく夫を抱きしめる。

「でももっとあなたといっしょにいたかった」

「ちがうよ。これからは、もっといっしょだよ」

「そうだね。そうだね。でもさみしいよ」

私は夕食にラップをかけ直し、冷蔵庫に戻した。時間を、食事に費やす気はなくなっていた。私たち夫婦の最後の夜だ。同時に、これがはじまりでもあるのだ。

私たちは、ソファに移動する。夫の肩を抱き寄せ、お互いの体温を感じながら、私たちは心ゆくまで話をすることにした。

　私は、今日会社であったことを話す。課長が倒れ、社内の医務室に運び込まれて、そこで二時間も苦しんで、やっと子どもを産んだこと。子どもは、大きかった。私の拳二つ分はあっただろう。やっぱりパートナーが大きいと、それだけ大きい子どもが生まれがちだ。それでも女の子ならまだいいけど、男の子だった。はじめからあれだけ大きかったら、成長もきっと早い。

「いいよ。健康だったらなんでもいい」赤ちゃんを抱いて、課長が言った。それで、私たちは泣いた。静子なんか、課長が倒れてからずっと泣いていて、泣き止まないでそのまままた泣いていた。

　課長がお産をしているあいだに、静子がつっかえつっかえ打ち明けてくれた。なんでも、静子が小さいとき、静子をかわいがってくれた親戚のおばさんが、適齢期をとっくに過ぎておばさんの喉元くらいまで背丈の伸びた恋人の子どもを妊娠して、子どもと夫もろとも死んでしまったらしい。それで、彼女が適齢期を過ぎた男の人に対してどうしてあんなに剣呑《けんのん》な態度をとるのかがわかった。私たちは、みんなで静子を抱きしめてなぐさめた。

　私の話が終わると、夫が話し出した。夫は、読みかけの小説の話をした。

「ぼくたちとは、ちがう世界の話だよ」目を伏せて、ゆっくりと夫は言う。長い睫毛の下の眼球がどこを見ているのか、私にはわからない。「この小説のなかでは、男と女の体格はさほど変わらない。むしろ、一般的に男のほうがやや大きいくらいなんだ。それに、男のほうが力持ちで、体力もある。まるっきり逆だよね。でもなによりちがうのは、子どものつくりかただ。男女が、二人のまったく別の個体のまま体内受精するんだ」

「なにそれ。変なの」

「ね、変な小説だよね。なんと男の性器は外に飛び出してる。それも股間にね。股間に、短い棒きれがついてるみたいなもんらしいよ。なんだか間抜けだけどね。それを女の産道に挿入することによって受精させるんだ。そのあとも、男と女は別の個体のままだ。一生ね。女の妊娠期間は、一年近くにも及ぶ。しかも、妊娠の初期はお腹が平らで、臨月が近づくにつれてどんどん膨らんでいく。新生児はだいたい体長五〇センチ、体重三キロもの大きさで生まれるんだ。女の身長は一六〇センチくらいだっていうのに」

「やだ、そんな小さい女の子がそんな巨大な子ども産めるわけないじゃない。死んじゃうよ」

「そう、女は死ぬ思いをして子どもを産む。きみんとこの課長の二時間くらいじゃ済まない。半日とか、丸一日苦しんで産むんだ」

「男は？」

「男はなにもない。精子を放出して、それで終わり。あ、でも女といっしょに育てるよ。子どもを。そしていっしょに老いる。女とね」

「ふうん」

「男が堂々とたくましく育って、それが美しいとされる世界だ。育ち過ぎて女に疎まれることもない。男は自由なんだ。女と同じくらいに。子どもを持ったあとも、老いていくことができる世界だ」

私は上の空だった。子どもをつくる気持ちが高まってきて、呼吸が荒くなりはじめていた。これを逃したらきっと一生その気になれない。本能が私に警告し、行動に出るようううながしていた。

「ベッドに行こう」夫を抱えてさっと立ち上がる。と、足元に文庫本が落ちた。ページが開いて、しおりがフローリングを滑る。

「あ、ごめん」

「いいよ。もう続きを読むことはないから」

「うん、そっか。そうだった。ごめん」

「明日の朝、ぼくの会社に連絡するのを忘れないで」

「うん」

「妊娠のため退職しますって」

「うん」

「さっきの小説、やっぱり気になるな。よかったら雪乃ちゃんが読んで」

「うん」

「最後まで読んで。雪乃ちゃんが読んでくれたら、ぼくが読んだのと同じだから。そうだよね？」

「うん」

夫が整えたベッドで、私は夫の愛らしいくちびるにくちづける。耳に、首筋にくちづけながら、夫の服を脱がせる。白い、少年じみた胸があらわれ、私は自分のお腹のあたりが熱くとろけるのがわかった。夫の裸なんて何度も見てるけど、子どもをつくると心を決めて見るのはこれがはじめてで、最後だ。一度きりだ。夫はきれいだった。輝くようだった。夫は、震えてもいた。それがなんとも健気で、寄る辺なくて、私はますます興奮した。がまんできなくなって、自分で自分のシャツを引きちぎる。

「さわって」夫のかわいい手を強く握り、私のお腹を触らせる。夫は一瞬怯え、手を引こうとしたが、私は許さなかった。夫のガラスみたいに冷たい指先が私のとろとろのお腹にめりこみ、糸を引いた。

「好きよ。愛してる」

「うん。ぼくも」

私はくちびると左手で夫の体をくまなくまさぐりながら、右手で服と下着を脱ぎ捨てた。どこもかしこも、夫はなんてはかなげなんだろう。

いよいよ、そのときだった。私は仰向けに寝そべり、熱いお腹に、うつぶせにした夫をやさしく置く。たちまち私のお腹が夫の皮膚の表面を溶かし、夫が癒着していく。

「ああ」と夫がうめいた。私は声も出ない。夫の皮膚が私の皮膚とつながり、私の血管が夫の血管をとらえ、夫の血が私の体をめぐりはじめる快感に、呼吸をするのがやっとだった。

「ああ」顔がなくなる間際に、夫が叫んだ。「ああ。さよなら」それが夫の最後の声だった。

さよなら? さよならじゃない、私とあなたはひとつになるのに。これからはもっといっしょなのよ。私はそう言ってあげたかったが、言えなかった。私の体はすべての力を傾けて、夫の体を激しくむさぼっていた。

夫は私の体にじわじわと沈み込み、なだらかな肉の丘のようになっていた。夫の臓器のひとつひとつが、私の体に吸収されてゆく。私には、どの臓器が吸収されているところなのか、手に取るようにわかった。精巣が私の子宮の上にゆっくりと落ち、臓器をかたちづくる筋肉がゆるく溶けて精子の雨を降らせているところ。用のなくなった夫の脳が、受精のための栄養分として私の体にさっそく消化・吸収されていくところ。そして、私の血管と夫の血管が完全につながり、夫の血が私の血となり、夫の心臓がほどけるようになくなっていくところ。

いつのまにか、私の脳裏には〈イノセント〉のあの曲が流れている。マイ・ハート・イズ・ユアーズ。マイ・ハート・イズ・ユアーズ・フォーエバー。

そのとおりだ。

あなたの心臓は永遠に私のもの。

明け方になって、心地よい疲労感とともに目をさました。カーテンが朝日に透け、布地の繊維の細かな模様と毛羽立ちが見えた。私は無意識に、裸のお腹に手をやる。ゆるく膨らんだお腹を撫でる。そこは昨夜までは夫の皮膚だったけど、もはや私の皮膚だった。指先で、皮膚の下の夫の背骨の凹凸を丁寧にたどる。

ベッドの上で上半身を起こし、お腹の膨らみを目で確認した。そっと立って腰を軽くひねり、その場で足踏みをしてみる。このくらいの膨らみ、このくらいの重さなら、日常の動作にはそれほど影響しないだろう。もちろん、ヒカルの子を妊娠しているあの女優の身軽さにはとうてい及ばないけれど。

この膨らみは、私の妊娠を継続するための養分の備蓄だ。出産までの一ヶ月で、夫だったものは完全に消滅する。背骨の名残も、出産するときに消費される。

男の子なら、夫によく似たかわいくて小さな子が欲しい。女の子なら、私よりもたくましくて、強い子に育てばいいと思う。

「さ、がんばらなくちゃ」私は自分にささやいた。これからは一人だ。これまでよりも夫ともっといっしょだけど、それはそうなんだけど、でも実際問題として夫の知性、夫の精神性は消滅しているのだから、夫はいないと言っていい。夫は消えた。私は一人だ。

くよくよしている暇なんてない。やらなくてはいけないことがたくさんある。

私は冷蔵庫から昨夜の夕食を取り出し、食べる。完食する。私は頭のなかでいろいろな段取りを考えている。お皿を洗うとき、流しの前に置きっ放しだった踏み台を蹴って脇に避ける。夫はもういないから、あれはいらない。処分しよう。夫の荷物も、少しずつでいいから処分すること。子どもが生まれるまでに、子どものものを置くスペースをつくっておかなくては。でもそれはあとでかまわない、まず今日だ。出社したら、すぐに総務課に行って社内の保育施設に予備登録をする。たしか市の育児助成機構にも、総務課が連絡してくれるはずだ。ああその前に、社内の医務室で一応診察を受けなくちゃいけないんだったっけ？

私はシャワーを浴び、化粧をして、ゆったりしたシャツとズボンに着替える。ズボンのボタンは閉まらないけど、シャツをかぶせているからどうってことはない。ズボンの裾をくしゃっと折り上げながら、頭のなかのリストに「新しい服を買いに行く」という項目を加える。「それと、新しい靴」

部屋のなかをばたばたと行き来していると、ソファの前に文庫本が落ちているのに気付いた。べちゃっと開き、うつ伏せになって、表紙のカバーがずれている。拾い上げて閉じようとするけれど、なかのページが折れていてきちんとは閉じなくなってしまっていた。そういえば昨夜、夫はこれの続きを読んでほしいと言っていた。私はぱらぱらとページをめくる。夫はどこまで読んだのだろう?

しおりは挟まっていなかった。これじゃわからない。これじゃ続きを読めない。でも、しおりがあったとしても、私は自分が読まないだろうとわかっている。だって、これから忙しくなるのだ。それに、私が読んであげても、夫に伝わるわけではない。夫に伝わるわけない。消えてなくなったのに。

本をソファにぽんと置く。感傷にひたっていないで、会社に行かなければ。足を上げると、そこにしおりがあった。私がスリッパで踏んでいたのだ。それはそのままにして、玄関へ急ぐ。古いスニーカーを出す。フラットシューズはこれしか持っていない。スニーカーは思っていたよりずっと汚れていて、私は顔をしかめる。今日だけとはいえ、かっこわるい。ゆったりしたシャツにゆったりしたズボンなら、断然ピンヒールだ。

私は、いつものピンヒールにおそるおそる足を入れてみた。立って、足踏みをする。重いお腹をかばって、重心をややうしろにし、バランスをとる。だいじょうぶかな。だいじょうぶかもしれない。

ドアを開け、外へ出る。かばんを肩に掛け直し、慎重に、ゆっくりと歩く。でも、数メートルで私にはわかる。だいじょうぶだ。ぜんぜんだいじょうぶだ。頭のなかのリストの「それと、新しい靴」に、線を引っ張って消す。私は背筋を伸ばし、大股で歩く。早足で進む。自信を持って、次の一歩を、そしてさらに次の一歩を踏み出す。

真夏の一日

植物には午前中の光がいちばんいい。

日付が変わると、予定のない休日がはじまる。夜のうちに、真夏はベランダに面したリビングのカーテンを開け放っておくことにした。それが1LDKの部屋の、唯一の窓だ。

模様のないカーテンを開け切ってしまうと、暗い窓ガラスに棚と、その棚を覆い隠すほどの観葉植物が映った。真夏の白い顔もあった。葉のあいまに浮かんでいる。真夏は鏡像と目を合わせた。すぐには去りがたかった。見られることを想定していなかったので、鏡像は無表情のままだった。しかし、いったん見られたのなら、そのままではすまされなかった。たとえ自分で自分の顔を見たのであっても。

真夏は口をわずかに動かした。笑顔をつくろうとしたのだ。しかし、それは笑顔にはまったく足りなかった。眠たげな顔が、真剣なものに変わった。真夏は目を見開き、口元に力を込め、ぐっと両端を引き上げた。右の端のほうがわずかに高かった。顔はますます真剣味を増し、頬をひくつかせながらなんとか左の端を上げ、左右はほぼ均等となった。最後に、くっついていた上唇と下唇を、ぱかっと開いた。上下の歯の並びがあらわれた。口元は笑顔の条件を満たしていたが、顔全体を見ると笑顔とはかけはなれたものが出来上がっていた。真夏はそのおぞましい鏡像を検分し、ふと顔の力を抜くと、背を向けた。リビングの照明を消して、奥の寝室へ消える。引き戸が閉まる。

昼過ぎになって、真夏は寝室の引き戸を開けた。手をすぐそばの壁についている照明のスイッチに添えたが、ぱちんとやらずにたたずんだまま窓辺を見ている。カーテンを開け放された部屋は、照明なしでもじゅうぶんに明るい。今、窓ガラスは彼女の姿を映さない。日に透けた葉はいつもよりはるかにあざやかな、蛍光色にさえ近い緑をして、株の中心あたりはどれも真っ黒だ。

ぱちん。照明が点いた。

とたんに、緑のまぶしいような明るさも中心部分の暗さも褪せ、平坦になった。

真夏はまたぱちんと照明を消した。

フローリングに、日光の届いていない青い領域と、日光が白くしている領域があった。真夏は青い領域にいる。真夏の勝手なルールでは、青い領域は安全だ。紫外線A波はガラスを通り抜けて部屋の中にまで侵入してくるということを、真夏はもちろん承知している。それは、無防備に浴び続けると皮膚の光老化を促し、しわやたるみを発生させる。あの、床の白くなっているところにさえ行かなければだいじょうぶだと真夏は思う。本当はだいじょうぶじゃないかもしれないが、だいじょうぶだということにしている。軽く握ったこぶしの外側で、そっと頰に触れる。そこは、ゆうべ塗りたくったクリームと皮脂が混ざり合って、もったりと重く、やわらかだ。

真夏はいったん寝室の隣の洗面所に引っ込み、顔を洗って日焼け止めを塗ってからまた戻ってきた。身なりは寝ているときのままだ。

彼女は青い領域を出て、白い領域に進む。

霧吹きを取り、観葉植物に葉水をやる。葉の表面をさっと濡らすのみならず、葉からぼたぼたと水滴がこぼれ落ちるほどに大量に吹いている。葉をそれた噴霧と余剰の水が棚を濡らし、フローリングにまで及ぶ。そのせいでフローリングでは埃がダマになり、なにかのしるしに丸くて灰色のシールをいくつも貼ったみたいになっている。

そのフローリングにひとつだけ直接置かれている鉢がある。一抱えもある鉢で、植わっているのはモンステラだ。真夏は手のひらより大きいモンステラの葉にも、しゅっしゅっとやる。葉は六枚、ほうぼうを向いていて、それらの表面を狙ってやや慎重に水を吹く。真夏はしゃがむ。しゃがみ込むと、モンステラの背丈のほうが高くなる。鉢の中の土には、白い化粧石が敷き詰めてある。真夏はそこにもしゅっしゅっとやる。

すると、化粧石がむくむくと動き出した。真夏の手が止まる。水に呼び起こされ、水が途切れたのを契機に、小さな小さな羽虫が何匹も、ぶわあっと舞い立つ。

真夏は黙って腰を抜かす。フローリングに尻をつく。羽虫めがけて霧吹きを乱射する。埃っぽい床と埃っぽい窓ガラスに、まだ眠りの膜を破り切っていない真夏自身にも、水が降りかかる。

真夏は我に返って立ち上がり、ティッシュの箱を持って戻ってくる。そのわずかなあいだに羽虫は混乱を収め、鉢のふちやもといた化粧石、フローリング、あるいはモンステラの茎など思い思いの場所に落ち着いている。それをそっと狙う。一匹一匹潰しにかかる。あまりうまく殺すことができない。多くはふらふらと逃げまどい、ティッシュが追うが真夏の目が見失ってしまう。それでも七、八匹を潰し、ふと半袖のTシャツから出た右腕に一匹止まっているのに気づく。羽虫は、肘と手首のちょうど真ん中にぽつりといた。小さくても、羽虫の黒さは真夏の白い腕によく映えている。

ティッシュを持っていない左手が、そろそろと右腕に近づく。腕に指の影が落ちる。羽虫はそこにいる。三本の指が、ぱんっと肌を押さえる。しかし、羽虫はつかまらなかった。すんでのところで指を逃れ、空気に乗って舞い上がり、真夏の目の前を横切って消えた。

真夏は息をついた。

植物にしてやれることは、終わりだった。

真夏は植物に背を向けた。冷蔵庫から野菜ジュースの紙パックを取り出し、ストローを挿して広くない室内を歩きながら飲む。

真夏は壁に目を留めた。

小さなテーブルの一辺をくっつけた壁に、ここ二週間ほどグループ展の案内状が貼ってある。一見して白っぽいばかりの、情報量の少ない葉書だった。右下に、灰色のヘルベチカで surface とあり、○月○日〜○日という日付とギャラリーの名前が印刷してあった。文字のない大半のスペースには、ちゃんと見ればかすかなざらつきの質感があり、刷毛のあとと黒や茶色や灰色のわずかな汚れがあった。それは写真で、どこかの壁を撮ったものだった。その葉書が、雑にちぎったえんじ色のマスキングテープで壁に貼り付けてあった。葉書の中の壁の白と真夏の部屋の壁紙の白は、ずいぶんちがう色の白だった。見えない宛名面には青いペンで中村真夏様とあり、さらに「きてね！」と走り書きされ、出展者の一人の名前が囲ってあった。

今日が、真夏がそこへ行ける最後の日だった。会期自体はまだ数日あるが、明日からはまた仕事をしなければならなかったし、ほかの予定もあった。

真夏は野菜ジュースを音を立てて飲みきった。時計を見て、スマートフォンをいじり、テレビを点けてゆっくりとレトルトカレーを食べ、皿を洗い、洗濯機を動かし、スマートフォンをいじり、化粧を済ませ、服を着替えた。選んだのは、ノースリーブのブラウスだった。真夏は日焼け止めの容器をかちゃかちゃと振った。日焼け止めを腕にたらすと、その不透明でとろとろした白のせいで腕はにわかに醜い茶色に見えた。真夏は、肩から手首にかけて、丹念に日焼け止めを擦り込んだ。醜さはじょじょに薄れ、かすかなきらめきが残った。それから真夏は、洗いあがったタオルや衣類をベランダに運んで干し、リュックを背負い、下ろし、中身を全部取り出して必要なものだけ別の、小さな斜めがけのかばんに入れ、エアコンを消して時計を見た。もう午後五時をまわろうとしていた。

案内状の葉書を壁から剝がすとき、めりめりと音がした。真夏は、葉書にくっついているマスキングテープを取り去った。マスキングテープの裏に壁紙の白い繊維が残っていた。真夏はギャラリーの開いている時間を確認した。午後六時までとあった。サンダルに足を通し、真夏は植物の棚を振り返った。密度の濃い黄色い光の中で、どの植物も真っ黒だった。真夏は外へ出た。

西日が襲いかかってきて、粘液のように肌にまとわりついた。

紫外線A波に加えて、B波が真夏を破壊しようとしていた。

B波は表皮の基底層にあるメラノサイトを刺激する。活性化したメラノサイトは、樹状突起と呼ばれる触手のようなものをあちこちへ伸ばしはじめ、合成したメラニン色素を上層のケラチノサイトへと受け渡す。皮膚はそれで黒くなる。黒くなることによって肌はじょうぶになり、紫外線から守られるが、同時に染みやそばかす、ひどいときにはほくろの原因となってしまう。

真夏は化粧品売り場のカウンターで、そのイラストを見せられたことがあった。ラミネートされた紙に、「表皮の細胞の仕組み」とあった。真夏にはランダムに組まれた石垣にしか見えなかったが、これは表皮の断面図であり、石に見えるものは細胞で、なかでも底に一列に並んでいるものこそ問題のメラノサイトである、と販売員は説明した。

「表皮。表皮というと」と真夏はつぶやいた。

「お肌の表面です。毛細血管よりも浅いところ。毛根よりも浅いところです」販売員が言った。

「表皮ってずいぶん分厚いんですね」

「図ですから。すごく拡大してますから」

メラノサイトの列の中に一つ、目をにゅうと伸ばしたかたつむりの頭みたいなものがあった。それが活性化し、樹状突起を持ったメラノサイトだった。

日を浴びていて、ほかに何も考えることがないとき、真夏はいつもその図を思い出す。思い出すとよくないような気がする。なぜなら同時に、病は気から、という慣用句も思い出すから。癌に冒された人が、毎日癌細胞が死滅していくイメージトレーニングを繰り返した結果、ほんとうに癌細胞が消えてなくなった、という話を聞いたことがあった。ということは、メラノサイトが樹状突起をにゅうと伸ばすありさまをあまり思い描いてばかりいると、ほんとうにそうなるのではないか。こんなふうに日を浴びているあいだはもちろん、もしかしたら浴びていないあいだでさえも。

　地下鉄の駅へと急ぎながら、真夏は覆いかぶさるその不吉なイメージをどうしても振り払うことができなかった。真夏の頭のなかで、無数のメラノサイトが次々と眠りから覚め、伸びをしていく。空気は息苦しいくらいに熱く、体の芯がずんずんと重くなり、搾り取られるように汗が湧く。

　ギャラリーは、地下鉄で七駅先だった。地下鉄はよく冷えていた。太陽のない地下で、しかし真夏は自分の全身から太陽の気配が立ちのぼるのを感じた。早くメラノサイト以外のことを考えたかった。

　ふたたび地上に出たときには、西日の濃度ははっきりと薄くなっていた。真夏は荒ぶるメラノサイトたちの落胆の声を聞いたような気がした。

　ギャラリーはビルの一階にあり、入り口は通りに面していた。開いたままになっているガラス戸に、案内状の葉書が貼ってあったので、すぐにわかった。

そこには、すでに若くもなく、しかしまだ老いてもいない、真夏と同じくらいの年頃の男女が七、八人もたむろしていた。彼らは立って腕を組み、一人は煙草を吸っていた。彼らはほとんど入り口をふさいでいた。真夏はスマートフォンで時間を確認した。まだ六時とは言えなかった。

「終わりですか」と真夏が声をかけた。

談笑していた者たちは、不審げに真夏を見た。すぐそこに立っているのに、声を発してはじめて真夏に気がついたかのようだった。彼らはなかなか答えようとしなかった。

「あの、もう終わりですか」と真夏は言った。

「ああ、まあ、はい」ようやく一人が答えた。男だった。残りの者は警戒を解かず、さきほどまでの微笑みをわずかに口の端に残して、目が合わないように気をつけながら真夏を見ていた。彼らのうしろで、ギャラリーの中に人が二人ほどうろうろしているのが見えていた。

真夏はかばんから案内状を出し、宛名面を男に示した。この出展者が知り合いなので、彼女の展示を見られればそれでいい、ということを伝えた。

「ああ、じゃあ奥の小部屋です。もうあそこは照明が落ちてるかも」

真夏は礼を言い、頭を少し下げて彼らのあいだをすり抜けた。ギャラリーの内部は

L字に折れ曲がっていた。平明な照明の満ちるメインの展示室を、真夏は脇目も振らず足早に歩き抜いた。かたちに沿って曲がった先っぽに、暗幕の張られた小さな入り口があった。真夏はためらわずそれをくぐった。

窓のない真っ暗な小部屋だった。さきほどの男の言ったとおり、照明は落とされていた。壁に写真が、額なしで貼られているらしかった。それぞれに裸電球が向けられていた。天井からたくさんのコードが床まで垂れ、中央にプロジェクターが一台設置されていた。背後の暗幕のよじれから侵入したほんのわずかな光が、それらの物体の輪郭をいくらかなぞっていた。

暗幕が勢いよくめくられ、何かが勢いよく入ってきて真夏の腰をかすめた。それの発した「うおっ」というふざけた声で、小さな男の子だとわかった。

「真っ暗だ!」そう嬉しげに叫ぶ彼のほうが、あたりよりよほど暗く濃い人型の闇だった。「なんにも見えない!」

人型の闇はがに股になり、両腕でばんざいをして膝を曲げ伸ばしした。

「私は見るよ」真夏が答えた。

「どうやって?」

真夏はスマートフォンを取り出した。

「これで照らす」

懐中電灯のアプリを起動し、スマートフォンを壁に向ける。径が小さく、中心部のみやたらと強くて周辺に向かうにつれて急速にへたれる雑な灯りだった。

真夏は、入り口のすぐ右横の壁にスマートフォンを向けた。ざらざらした白い壁に、つるつるした白い横長の写真があった。

「なにこれーなんにも写ってない！」と男の子が叫ぶ。いちいち叫ぶ子どもだった。

真夏の二の腕のあたりに、男の子のつむじがあった。真夏が写真に近づくと、男の子もいっしょについてきた。

「写ってるよ。これ、壁だ。ここの」真夏が言った。案内状は、この写真を縦長にトリミングしたものだった。

真夏は次の写真にスマートフォンを向ける。それも、一面に壁を写した写真であるらしかった。打ちっぱなしのコンクリートが撮影されていた。

次も、壁だった。細かな黒カビの生えた、花柄の壁紙の壁。白い壁紙を剝がされている途中の壁。レンガの積まれた壁。石垣。茶色いサビが血のように流れ落ちるトタン塀。ベージュの土壁。グリッド状に区切られた大理石の壁。焦げあとに似た節穴がいたるところにある板壁。

「あのさーレンさー！　まだ携帯電話持ってない！　買ってもらう約束はしてるけど！」

「ふうん」と真夏は言った。レンというその男の子の顔を、まだ見ていなかった。見る気もない。彼はひょこひょこと左右に跳ねていた。

「携帯電話って便利だよね！　いろいろできる！」

「うん」

レンは、黒くうごめきながらうしろにぴったりくっついている。

「でもレンは懐中電灯は持ってる！　おじいちゃんも持ってて、おじいちゃんの懐中電灯はすごいんだよ！　レンのやつの六倍くらいすごい！」

「そう」

「うん！　なんか黒いやつ！　なんか英語の名前のやつ！」

「へえ」

「持ってる⁉　懐中電灯持ってる⁉」

「持ってないなあ」

奥に観葉植物らしきものを透かしているすりガラス。芝生。チョコレートみたいな筋の入った地層。斜めにそそり立つ岩で構成された断崖。砂利。苔や草の生えた岩肌。さざなみの立つ湖面。

「なにこれ！」レンが写真のひとつを指差すので、真夏も立ち止まってそれに向き直った。大量の水が激しく流れ落ち、飛沫でけぶっている写真だった。

「滝じゃない？　滝の表面」

「えー！」

レンが真夏を見上げた。真夏もようやくレンを見た。レンは人型の闇ではなく、ちゃんと顔を持っていた。しかしレンの顔は、真夏になんの印象も残さなかった。それより、細い首から丸く頼りない肩にかけての線の寄る辺なさに心がうずいた。それが愛情だとはっきり意識した瞬間、噴き出した嫌悪がそれを塗り潰した。真夏は、ほんの一瞬にせよ抱かされてしまった愛情を激しく憎みながら、自分が何を感じているのかまるでわかっていなかった。ただ不快だった。この子どもは不快だと思った。もし真夏がもっと正確に言葉にできたとしたら、この子どもはその輪郭で私を騙そうというのか、と思っただろう。庇護欲をかきたてるその、わざとらしい造形で。

真夏は危ういところではあったが、騙されなかった。男の子の姿と態度は、女である真夏には彼をかわいがる義務があると宣告していた。真夏は敢然とそれを拒否した。真夏はわざと壁を見るように男の子の顔を見た。肌も壁のひとつにはちがいなかった。

数秒間、二人は押し黙って向かい合っていた。

「中国人？」とレンが言った。

「え？」

「中国人？」レンが焦れた。

「中国人？　私のこと？」

　レンがうなずいた。

「中国人でしょう」

「ちがうよ」と真夏は答えた。

「じゃあ韓国人？」

「ちがうよ」

「日本人なの？」

「うん」

「へえ、そうなんだ」感心したようにレンが言う。「レンも日本人」

　真夏は不意に恐れを感じて写真に顔を向けた。

「あっ！」とレンがまた叫ぶ。

　右腕に、冷たいものを押し付けられた。レンの人差し指だった。

「ほくろ」とレンが言った。

　真夏はスマートフォンを持つ自分の腕を見下ろした。レンの人差し指は、肘と手首のちょうど真ん中を指している。

　レンの言うとおり、そこにほくろがあった。ごく小さいが、この薄暗闇の中でもずば抜けて黒く、真夏の白い肌によく映えている。

真夏は左手で、そっとほくろに触れた。ほくろに隆起はなく、触覚だけではあるのかどうかわからなかった。でも、見えていた。真夏はほくろに爪を立てた。ほくろががりがりと削り取られようとするのを、レンは静かに黙って見ていた。ほくろの周辺の皮膚がピンク色になった。角質が白い粉となってさらさらと剝がれ、宙にぶわっと浮かんだ。そのあいだじゅう、レンは静かで目をそらさなかった。展示されている写真よりもずっと真剣に、真夏のほくろを見ていた。

真夏は、ほくろではないかもしれないという考えを捨てなければならなかった。いくら引っ搔《か》いても、それは落ちなかった。ほくろだった。

「でも、こんなところにほくろなかったのに」

スマートフォンを左手に持ち替え、ほくろを照らしながら真夏が言った。スマートフォンを近づけて強く光を当てると、肌が白んでほくろがかき消えそうだった。でも、消えなかった。

たった数時間前、家のモンステラの鉢から飛び立って、真夏のまさにそこにとまった羽虫のことが思い出された。同時に、メラノサイトを思い出さないわけにはいかなかった。たった今まで忘れていたというのに、台無しになった。

「レーンー！」呼び声がした。女の声だ。

「ここー！」真夏のほくろを覗き込んだまま、レンが絶叫した。

「レンー！　来なさい！　帰るよー！」

「はーい！」

　レンは真夏を見上げた。

「帰ろう」

「私はまだ帰らない」真夏は、自分の腕をレンから取り戻すように胸に抱きしめ、皮膚の表面を撫でさすった。「もうちょっと見るから」

　スマートフォンを握った手は真夏の肩あたりにあり、彼女らの後方を照らしていた。レンは、またうごめく黒い塊だった。

　レンは片腕をまっすぐ上に伸ばしたかと思うと、体全体をくねらせて足踏みをした。もう片方の腕が横に伸び、体とはちがうリズムでうねりながら斜め上へと上がっていく。真夏は言葉もなくそれを見ていた。レンがぴたりと動きを止めた。

　レンはさっと背を向け、小走りで暗幕をまくって出て行った。

　真夏はスマートフォンの灯りを消す。作品はまだ少し残っていたが、もう見たくなかった。暗闇の中で、真夏はほくろのあるあたりをやさしく撫でながら立っていた。目は見るともなしに、入り口の暗幕の下から射し込む光に向けられていた。

　その光が、不意に消えた。

　真夏は反射的に走り出す。暗幕をくぐり抜けると、薄暗がりだった。L字形の展示室を走り抜け、ガラス戸に飛びつく。ガラス戸の向こうには戸を締めようとしている男がいて、真夏をびっくりした顔で見ていた。男のうしろには、来たときと同様、七、八人がたむろして談笑しており、一人は煙草を吸っていた。さらにそのうしろでは、レンが歩道と車道を隔てる柵によじ登っては跳び下りるのを繰り返している。

「すみません、どうもありがとうございました」

真夏は早口で言い、体をよじらせて彼らのあいだを通る。彼らは、真夏が通るそばから次々と絶句し、抜け切るころにはこんな女は今はじめて見た、といったふうに驚きと非難の目を真夏に注いでいた。真夏は頭を下げて、誰の顔も見ないようにしていた。振り返りもしなかった。

ただ、柵から「うひゃっ」と奇声を上げて跳び降りたレンの横を過ぎるときには、小声で「ばいばい」と言った。

レンは、体を硬くし、目を見開いて真夏を見送った。レンまで、こんな女は今はじめて見た、と言いたげな顔をしていた。

西日はすでに、熱く重く湿った空気を置きざりにして遠くへ退いていくところだった。代わりに、暗さが押し寄せようとしていた。真夏は右腕のほくろのあるあたりを左手で握りしめて歩いた。ゆっくりとつのっていく暗さは、目の前の景色の解像度を粗くしてなにもかもを見えにくくしていた。

地下鉄に乗って七駅戻るうちに、自然と左手が離れた。いくら見ても、ほくろはあった。あのとき羽虫に逃げられたと思ったのはまちがいで、羽虫をここに塗り込めてしまったのだろうかと、目のすぐ前まで腕を持ってきて観察した。でもそれはただのほくろで、丸い形をしていて、どんなによく見ても羽や肢の名残はなかった。

真夏は照明のまぶしいスーパーで、食糧と日用品を両手いっぱいに買って帰った。完全に夜になっていた。

カーテンは開け放たれたままだ。観葉植物はビニールのつくりもののような緑色をしている。黒い窓ガラスに、部屋の中が映っている。真夏の姿も小さくあった。その姿がどんどん大きくなって、葉のあいまから腕が突き出される。さっとカーテンが引かれた。真夏はあくびをした。

真夏はエアコンを点け、テレビを点け、もやしを洗ってフライパンに入れ、トマトを洗って切り、少し迷ってからそのトマトもフライパンに入れる。そこへ缶詰のシーチキンを投入し、コンロの火を点ける。菜箸で軽く混ぜたあとは、蓋をして放っておく。テレビを気にしながら、買ってきたコロッケを皿に出し、冷蔵庫から納豆のパックを出し、茶碗にご飯をよそってテーブルに運ぶ。コンロの火を止め、フライパンの中身を別の皿にあける。ドレッシングをかける。

スマートフォンをいじりながら夕食を済ませ、シャワーを浴び、寝巻きがわりのT

シャツを着て、植物の棚のすぐ横にある二人がけのソファに寝転ぶ。膝から下が、肘掛の外でぶらぶらしている。ときどきテレビのチャンネルを替え、スマートフォンをいじり、うたたねをし、はっと起きてスマートフォンをいじる。それから、ほくろを見る。真新しいほくろを。

真夏は反動をつけて起き上がり、テレビを消す。明日は朝に起きるのだから、カーテンは開けておかなくてもよかった。朝になってから、真夏が手ずから開けてやればよかった。電気のスイッチをぱちんとやり、奥の寝室に行く。

寝室の照明も切り、かわりにベッドの脇の棚に置いてあるランプを点け、ぎりぎりまで光量を絞って真夏は目を閉じる。

真夏はメラノサイトのことを考えている。レンにほくろを発見された瞬間から、ずっと途切れることなく考え続けている。メラノサイトの、あのほっそりとした、かわいらしくて寄る辺のない樹状突起のライン。

それはレンだ。真夏はメラノサイトのことを考えているのかレンのことを考えているのかわからなくなる。

真夏の体表の奥、毛細血管や毛根よりは浅いところで、行儀よくおとなしく並んでいた無数のレンが次々と目覚める。レンが指や腕や脚のような樹状突起を伸ばし、樹状突起は首からも腹からもにゅうと伸び、それらは伸びた先で枝分かれしてさらに伸び、隣接する別のレンの樹状突起と絡み合いながら上を目指していく。上、つまり真夏の体表を。

真夏は、いつか無数のレンの伸ばす無数の樹状突起に、内側のごく浅いところから絡めとられ身動きが取れなくなる日のことを考える。

真夏の休日が終わる。

愛犬

一瞬前まで記憶のどこにも見当たらなかった犬が、まるでそんな犬なんて実在しなかったみたいに二十年も思い出すことのなかった犬が、唐突に現れて間近に迫ってきた。一瞬ののちには、もう腕のなかいっぱいに犬を抱きしめていた。犬の圧力とあたたかさ、胴の肉の弾力、腕の内側をちくちく刺す毛先、日にさらされた古い畳と腐った花束が混じり合ったみたいなにおい。何もかもがなつかしい。

でも、実際には、私はその犬に指一本触れたことがなかった。

犬は、母の友人の家にいた。

その家へ行くときは、母は私にキャラクターものや派手な色のTシャツを着せてくれなかった。ごわごわする白い木綿のシャツか、紺地に白い水玉模様のシャツかそんなようなものを着せられ、グレーか黒か紺色のスカートを穿かされた。シャツのボタンは首もとまで留められ、裾はスカートのウエストのところから手を突っ込んで中に入れられた。

いちばんはじめの日は、ちがった。生地がけば立っていたり、食べ物のしみが薄く薄くなってもまだしつこくしがみついている洋服でなければ、何を着てもよかった。私は大好きなショッキングピンクのTシャツを着て、フリルが三段になったデニムのスカートを穿き、レインボーカラーのスパッツを穿いた。明るい紫色のリュックも背負っていた。中には、私がおとなしくできなくなったときのための児童書が入っていた。

母の友人は、私の家の数軒隣に住んでいた。その人のほうが先にそこにいて、私の家族は、引っ越して来てだいたい三ヶ月くらいが経っていたと思う。名前は、うすいさんといった。うすいさんと母がいつどうやって友人になったのかは知らない。うすいさんめがけて引っ越して来たわけではなくて、引っ越した先にうすいさんがいて、そこで母ははじめてうすいさんを知ったのだ。うすいさんと、うすいさんの家を。

私は、母に手を引かれてうすいさんの家の前に立ったときに、うすいさんの名前がうすいさんであるということに疑念を持った。私はもう小学生になっていて、いくらかの漢字が読めることがなによりの誇りだった。白っぽい表札の木目のさざなみの中にある文字は、「白井」だった。

「ねえ、しらいさんだよ」私は言った。

母は緊張した面持ちで、うすいさんが出迎えるのを待っていた。

「変なこと言わないの。うすいさんだよ」と母は早口で言った。

「でも、しらいって書いてあるよ」

「それはうすいって読むの」

私は表札をよく見ようと背伸びをした。母は腕をつっぱるようにして私の手をぎゅっと握った。私は、白井の白に、漢字を真っ二つにする亀裂が入っているのを発見した。

「白が壊れてる!」

「しっ」母が強くたしなめた。

ドアが開き、うすいさんがにこにこしながら出てきた。母は、ばたばたとお辞儀をはじめた。

うすいさんは母と同じくらいの年齢だったが、母よりずいぶん早くに子どもを産んだので、ふたりの子どものうちの一人は大学生で、もう一人は高校生だということだった。

「今日はうちは誰もいないから、ゆっくりしていってくださいね」とうすいさんは微笑んだ。夫は休日出勤、大学生の息子は家を出てひとり暮らし、高校生の娘は部活動。

「テニス部なの。真っ黒に日焼けしちゃって」

「まあ、いいですねえ」と母が言った。

うすいさんの家のスリッパは、薄い灰色でふわふわしていた。玄関のドアの両脇には採光用の分厚いガラスブロックがはめ込まれていて、リビングへ続く廊下の電灯は消されていた。私の前にうすいさんがいて、私のうしろに笑顔の母親が続いた。振り返って確かめなくても、母親が笑顔でいるのはまちがいなかった。廊下は薄暗く、ふたりの大人に挟まれた私のところにはさらにもう一枚、薄く影が重なっていた。廊下は、いくつかの種類の灰色でできていた。フローリングも壁も天井も、それぞれ色合いの異なる灰色なのだった。壁と天井はボール紙みたいだった。ティッシュ箱の中の色だ。私は、空になったティッシュ箱の側面をむしり取り、水平を保つよう注意深く持ち上げて中を覗き込んだことがあった。覗き込んでいる私は、小さくなってその底に立ち、細長い楕円に開いた天窓から差し込む穏やかな陽だまりまで歩いた。

でも、リビングに通された途端、ティッシュ箱の中のことは消し飛んだ。再び、やっぱりうすいさんはうすいさんじゃなくて白井さんなんじゃないか、という考えに私は打たれた。うすいさんであるはずがない。うすいさんなんて、変な名前。絶対に白井さんだ。白井さんに決まってる。なぜなら、そのリビングはとても白かったから。

私は振り返った。ちょうど母が「わあ、なんてすてきな……」と叫びながら入ってきて、うすいさんが母の背後でドアを閉めるところだった。私は、自分が踏んでいるフローリングが廊下のフローリングとひと続きであることをなんとか見届けた。そして、あっと声を上げた。

「このスリッパ、白だった！」

「なあに？　ひとみちゃん」うすいさんが優しく話しかけた。

「何言ってんの、この子は。もう、すみませんねえ」と母が言った。

私は私には大きすぎるスリッパを履いた足を片方振り上げ、「白だった！」ともう一度言った。フローリングもぎりぎり白と言えた。壁は完全に白だ。灯りが点けてあるリビングでは、どれも灰色ではなく白で、どの白も少しずつちがった。スリッパは小学校で生まれたばかりの仔うさぎの白。仔うさぎを、てのひらの大きな人が顔も耳もわかんなくなるくらいくるくるくる丸めてしまったらこんなふうになるにちがいない。フローリングは肌色に近い白で木目と光沢があり、壁紙は光沢がなくてフローリングが放った光を吸い込んでしまう白だった。

私はうながされて食卓の椅子に座った。椅子は木目の見えないつるんとした白の塗装がされていた。食卓も白かった。こちらには木目があったが、フローリングよりさらにうっすらとしていた。木目の上にミルクの膜をきれいに並べて貼ったみたいで、
私は思わず爪を立てた。母が無言で私の手の甲をはたいた。

私は腰から上をぎりぎりとねじり、背もたれに両手をかけてリビングを眺めた。

そこは、リビングとダイニングが一体になった空間で、私はダイニング部分に座っ

ていた。入ってきたドアから見て、左側がダイニングとキッチン、右側がリビングでソファとローテーブルとテレビがあった。ソファは白の革貼りだった。ローテーブルは透明なガラステーブルで、上には何も置かれていなかった。テレビがぎりぎり載っているテレビ台はパネルのような扉のついた平たい横長の、冷たそうな鏡面仕上げで、やはり白かった。テレビは大きな白い布で覆われていた。これはやや生成《きな》りがかった白だった。アイロンがかかっていなくてところどころしわが入っていたが、それは私にお通夜で死んだおじいちゃんの顔に白い布がかかっていたことを思い出させた。大きな顔、と私は思った。おじいちゃんの顔より何倍も大きな、大きな大きな顔。

そして、体をねじって振り返っている私の真正面には、テラス窓があった。壁はなく、その全面が窓だった。しかし、そこもやはり白だった。窓の半ばまでロールスクリーンが下ろされており、それはかすかに緑がかった白だった。二面のロールスクリーンの端からちらっと覗いているサッシも白だった。窓ガラスが透かしているのは、白塗りの石塀だった。石塀と窓との距離はごく近く、私のような子どもでなければすばやく通り抜けるのはむずかしいだろうと思われた。もしかしたら、横歩きをしないといけないかもしれない。私の目は、その白い石塀の表面が細かく泡立ち、ざらついていることまでとらえていた。ああいうので肩を擦ると、服の布地がぶつぶつといやな音をさせて毛羽立つ。それと、ああいうので肘を擦ると、けっこう、いや、すごく

「だからね、コツなんてひとつよ」とうすいさんが言った。「私って、整理整頓がへたくそだし、センスもないんです」

「そんな、とんでもない」母が息を飲んだ。「私、こんな美しいお宅ははじめて見ました。どうしたらこんな生活感のない、片付いた空間を維持できるんですか」

「だからね、コツなんてひとつなのよ」

体を元に戻すと、うすいさんは対面型のキッチンに立っていて、うすいさんの体の中心あたりからたちのぼる湯気が、うすいさんの顔を見えなくしていた。うすいさんの背後には、冷蔵庫と天井まで届く作り付けの食器棚があり、グリッド状に取り付けられた扉はすべて閉じられていた。もちろんすべて白だ。

わずかに見えるステンレスのシンクと蛇口、コンロだけは白ではなかった。でも、それらは逸脱とはいえなかった。ステンレスのつやのある灰色とコンロの黒は、白のちがった側面でしかないように見えた。それに、それらまでが徹底して白く塗られていないのは、ここの住人が正気であることの証明であるようにも思われた。それらがごく一般的な仕様と色のままここにあるせいで、部屋の緊張感が失われ、余裕が生まれていた。この部屋を構成する白い品々を選出したときのうすいさんの態度を、私は考えるともなしに二通り想定していた。

痛い。

一つ目は、目を見開き、彼女の体の表面でいちばん白い白目の部分をえぐり出すように露出させるうすいさん。身をかがめ、品々にくっつくくらい顔を寄せて吟味している。

二つ目は、別に目なんか見開かず、ふつうくらいに開けて、かすかに口元に微笑みを浮かべて、あれかわいいね、あれもすてきじゃない？　と品々を指すうすいさん。背筋はおおらかに伸びていて、ゆったりと歩いている。

シンクとコンロは、正解は二つ目だとささやいていた。この人は気が変なんじゃない。ただ単にインテリアにこだわりのある人で、たぶんセンスがいい人なんだ。本人は謙遜してるけど。

「それはね」湯気の向こうから姿を現しながらうすいさんは告げた。「とにかく量を持たないこと。むだなものはぜんぶ捨てちゃうの。それから、いわゆる見せる収納はだめね。とにかく見せない。見せない収納ってやつよ。あとは色。色を統一するの。三色くらいに抑えるのが定石らしいんだけど、私はセンスがないから一色にしちゃった」

コッ、ひとつじゃないじゃん、と私は思った。母もそう思ったかどうか確かめるために食卓に肘を乗せ、母の顔を下から覗き込んだ。母は顎を軽く上げ、称賛の笑みを浮かべうなずきながらうすいさんを見上げていた。私は母の薄いブルーのブラウスの二の腕あたりの布地を引っ張った。母は、私を見もせずに肩を歪め、反対の手で私の指を一本一本こじあけた。

「でも、でも……」母はため息とともに言葉を吐き出した。「なかなかこんなふうにはできないですよ、ああうちのことを考えるといやになっちゃう。ぜんぜん片付かなくて。引っ越してくる前は狭いアパートだったからしょうがないんだ、収納が少ないから、狭いからって思ってたけど、こっちも、もう……引っ越してきてまだ日が浅いのに、前のアパートを彷彿とさせるような感じになってきちゃって……」

うすいさんが私と母の前にソーサーに載ったカップを置いた。そのカップとソーサーは厚みのある濃いブルーの陶器で、いっそううすいさんの正気が際立った。

「ひとみちゃん、紅茶飲める？　熱いけどだいじょうぶ？」

私はうなずいた。ありがとうございますは？　いただきますは？　と母がせっついた。

カップの色が濃いせいでわかりにくいが、中身の紅茶がまっとうな薄茶色をしていることも評価できた。私は湯気に手をかざし、てのひらでカップを覆って湯気を閉じ込め、すぐに熱くて耐えられなくなってぱっと手を引っ込め、また湯気がたちのぼる、というのを繰り返した。私の考えでは、蓋をしていた手をのけると、私に閉じ込められていた分の湯気が先を争ってぼわっと小さな爆発みたいに膨らんで出てくるはずだったが、そうはならなかった。閉じ込める前と同じ量の湯気が慌てた素振りもなく上がるだけだった。いや、湯気は少しずつ勢いを失ってきていた。私は湿ってしまった手を、スカートになすりつけて拭いた。

そのあいだも、うすいさんと母は絶え間なくおしゃべりを続けていた。

「でも、うすいさん」母が、とつぜんうすいさんの名前を呼んだ。私は心臓に痛みを感じて体がこわばった。まちがえた！　お母さんがまちがえた。うすいさんじゃない、白井さんなのに。お母さん、勘違いしてる。まだ勘違いしてる。お母さんはどういうわけかこの部屋を見てなお、私が正しかったことがわからなかったのだ。どうしよう。

人の名前をまちがえるのは失礼なことだからなるべくしてはいけないということを、私は同年代の子たちとの社会生活の中で、体に叩き込まれていた。今この瞬間にも、うすいさんの親しげな微笑みがみるみる溶け去り、代わりによそよそしくとがった顔があらわれるだろう。私は自分がそれに耐えられないということがわかっていた。というより、母が自分の失敗を悟り、取り返しがつかないのを知りながら何度も謝るのを見たくなかったのだ。

しかし、冷蔵庫をぱたんと閉める音をさせて振り向いたうすいさんは、さきほどまでとなにひとつ変わらない穏やかな表情をしていた。うすいさんはトレーにお皿を載せてこちらにやってきた。

「そう、たしかにね、はじめはなかなかむずかしいのよ……でもやるの。やってるうちにスイッチが入るから。スイッチが入っていきなり捨てられるようになるのよ。本当よ。いきなり、いろいろなものが自分には不要だったと気がついて、どんどん捨てられるようになるんだから。はい、これ、ひとみちゃん、どうぞ。おばちゃんの手づくりのババロアです」

また私と母の前にお皿が置かれた。それを見て、ほっとしかけていた私は凍りついた。白かったのだ。

お皿は、真っ白だった。模様ひとつなかった。その上のババロアも、真っ白だった。ババロアは、装飾のないすっきりした台形の型から抜かれていて、かたちだけはプリンにそっくりだった。死んで血の気を失ったプリンだ。プリンの死体だ。さらに、追い打ちをかけるように、ことりとお皿の端に置かれたスプーンが、真っ白だった。

「あら、めずらしい！」母が歓声をあげた。私はびくりとして母を見た。母は、スプーンを両手で捧げ持ち、顔の高さまで上げていた。

「これ、琺瑯《ほうろう》ですか？　かわいい」

「そうなんです。いいでしょう？」嬉しそうにうすいさんが答えた。

「うすいさん、本当にご趣味がいいわ」母がうっとりとして言った。「ね、ひとみ、この白いスプーンかわいいね」

私はやっとのことでうなずいた。

「それに、手づくりのお菓子まで……。私だめだわ、最近この子につくってやってない」母がいきなり私の肩に手をかけて軽く揺さぶった。

「お子さんが小さいうちは忙しいんだから無理しなくていいんですよ」うすいさんが母をいたわった。「うちはもう、手が離れてるから……」

うすいさんが席に着いた。三人の前に、同じように青いカップアンドソーサーと白ずくめのお菓子があった。私たちはスプーンを取った。私はババロアの上の端っこのほうを、ほんのすこしだけすくってみた。その小さな断面も、同じように白かった。

「でも娘の部屋なんか好きにさせてるからぐちゃぐちゃで……お友達との写真を壁にべたべた貼るわ、服は脱ぎっぱなしだわで、CDなんかケースに入れないでそのへんにほったらかしてあるし……女の子なのに、こんなことでどうしようかしらって」

「わあ！」また母が歓声をあげた。うすいさんが言葉を切った。私はスプーンを舐めながら上目遣いでうすいさんを盗み見た。うすいさんは、嬉しくて嬉しくてたまらないといった様子で母を見守っていた。

母が私に肘打ち《ひじう》をした。

「見てひとみ、あっ、ひとみまたそんな舐めるみたいな食べ方して、お行儀悪い。見てごらんひとみ、ほら、すごいねえ、なんてきれいなんだろう」

母はすでにババロアを半壊させていた。深く深く切り込まれたババロアの縦の切り傷から、ブルーベリーの実の混じったソースが溢れ出し、側面を汚し、どろどろと滑り落ちつつあった。

「このソースも……?」母がうすいさんを私そっくりの上目遣いで見た。

「大した手間じゃないのよ」うすいさんが口元を手の甲で隠した。

「やっぱり! ひとみ、これもうすいさんの手作りなんだよ。すごいねえうすいさんは。美味しいねえ。ママも見習ってがんばんなきゃ」

私はババロアのてっぺんからまっすぐに白い琺瑯のスプーンを突き入れ、ゆっくりと中ほどまで刺すとそこで半回転させて中身をえぐり、またゆっくりとまっすぐにスプーンを引き抜いた。てっぺんの傷口から、ブルーベリーソースは噴出してはこなかった。スプーンがブルーベリーソースまみれになり、傷口の周辺がやや汚れただけだった。私は頭を傾けて真上からババロアを見た。私は、私のつくった真っ暗な刺し傷を覗き込んだ。

ババロアの甘さは淡く、ブルーベリーソースはねっとりとしてあと味はかすかに酸《す》っぱかった。

ババロアを食べ終わったあとも、うすいさんと母はまだ話すことがあった。母がうすいさんを何度もうすいさんと呼び、うすいさんもそれに気分を害したそぶりを見せないので、私もこれはもしかしたらこの人は本当に白井さんではなくてうすいさんなのかもしれないと思いはじめていた。考えてみれば、部屋の中がすごく白いから白井さんだなんて変な話だ。それだったら、クラスの黒川さんは黒が大好きじゃなきゃいけないのに、黒川さんが黒い服を着てきたことはない。黒川さんは黄色が好きらしい。それと、緑も。

私は、急に退屈になってきた。私はもう、自分が白い部屋にも白井さんじゃないうすいさんにも飽きていることに気がついた。それを母に知らせるために、私は椅子の上で身をくねらせてみた。んんんーと喉だけで高めの声を出して（でもうすいさんに遠慮して声は小さめにして）、母の二の腕に突っかかった。

「はいはい」と母は言った。「はいはいはいはいはい、もうこの子は。ご本があるでしょう？　ほらご本出して」

「ひとみちゃん、ソファに座ってもいいよ」とうすいさんは言った。

私は紫色のリュックを引きずって（「ほら引きずらない！　すみません、うすいさん」）、ソファへ移動した。

「ひとみちゃん、りんごジュース飲む？」

うすいさんが、りんごジュースを入れたガラスのコップをガラステーブルに置いてくれた。

「ひとみ、こぼさないでね。絶対こぼしちゃだめだよ」車をバックさせるときの体勢で振り返って、母が言った。私はりんごジュースをじっと見つめた。言いたいことがあったけれど、言わなかった。

私が持ってきた本は、バレエの演目の物語を子ども用にやさしく書き直したもので、『バレエの世界2　白鳥の湖／ジゼル』だった。私はこの本がけっこう好きだった。物語が気に入っていたのではない。一場面一場面がきれぎれに浮かんでくるものの、物語はたいして頭に入っていなかった。私が好きだったのは、書き方だった。これはバレエの本だというのが前提にあるので、ほとんど舞台の書き起こしのように書かれているのだった。

「……アルブレヒトにこんやく者がいることを知ったジゼルは、きょうらん（※心がくるいみだれて、異常なことを言ったり、したりすること）してしまいました。心配する村のみんなが見守るなか、ジゼルは踊ります。頭をかきむしり、地面にたおれこみ、また、アルブレヒトの長剣をとり、それをふりまわします。ジゼルはアルブレヒトといっしょに踊った楽しかったころを思い出し、ひとりふらふらと舞います。それから、大好きなお母さんの胸にとびこむと、悲しみのあまり息たえてしまいました。」

なんで踊るの？　私は笑いをこらえる。私は黒川さんから、菊池さんが大西くんに告白してふられたという話を教えてもらった。大西くんには、ほかに好きな人がいたのだ。それは佐々木さんだという説もあるし、隣のクラスの山中さんだという説もある。菊池さんは踊り出したりせず、掃除用具入れと壁の隙間に無理矢理体をねじ込んで、平べったくなって泣いたという。菊池さんが踊らなくてよかった。踊るなんて馬鹿みたいだしそんな子と友達になんてとてもなれない。死んじゃうのもよくわからない。死んじゃったらどっちにしろ友達になれない。

私はソファの窓側にあるほうの肘掛けにまたがり、息を思い切り吸ってから止めた。息ができなかったら人間は死ぬ。これで死ぬかもしれない。私はもう肘掛けにまたがっているだけではなかった。むしろ抱きついていた。私はほっぺたを膨らませ、うすいさんと母に背を向け、窓ガラスをにらみながら死を受け入れようとしていた。

そのとき、サッシの下枠のところで、輝く茶色いものが動いた。

私は、死ぬのをやめてぷはーと息を吐いた。肘掛けから降り、床に振り落としておいたスリッパはそのままにして、靴下でフローリングを歩く。必要もないのに、忍び足になっていた。ロールスクリーンが半分下がっていたので、私は一歩ごとに身をかがめ、中腰になり、とうとう四つん這いになった。そして、ガラスにひたいをくっつけて覗き込み、私はそれを見つけた。犬を。

「犬！」私は叫んだ。「犬がいる！　犬！　犬飼ってるの？」

大人たちが立ち上がってこちらにやってきた。

「こらもう、ひとみ、そんな恰好して」と母が気のはいらない小言を言った。母は私の隣で膝に手をつき、中腰になって興味深げにガラス窓を覗き込んでいた。室内の床は、外の地面より数十センチ高くなっていて、犬は四つ足でぴんと立ってやっと顔だけがこちらの床の上にくる塩梅《あんばい》だった。犬が立っている地面には犬の腹くらいまでの高さの雑草が不均等に生えていて、手入れはされていない様子だった。

「ほんとだわんちゃんだ。お顔出しててかわいいねえ」と母は言った。

「犬、なんて名前?」私はうすいさんに尋ねた。

「あら、首のところ……」母が言葉を濁した。

「そうなんです」うすいさんがロールスクリーンを全部上げ、窓を細く開けてくれた。でも、そこまでだった。犬は力強く短く息を吐きながら、鼻先を網戸に押し付けた。

「網戸まで開けちゃうとおうちに入ってきちゃうからね、ひとみちゃん、網戸は開けないでね」

「でも、さわりたい」

「だめだよひとみ」母が鋭く私を制した。

「首のところはねえ、獣医さんにも連れて行ってるんですけど、何年も治らなくて」

犬は、たぶん柴犬だったと思う。首に赤い首輪をしていて、その下、左の首筋から肩にかけてのたるんだあたりの毛がところどころ抜け、赤黒い肉がじゅくじゅくと泡立っていた。肉の赤黒さは、均一ではなかった。ある部分は、犬が口を開けたときに見えるあの黒いゴムみたいなくちびると同じくらい黒かった。別の部分はローストビーフみたいで、別の部分は母がよく洗ってざるで水を切っているいちごみたいだった。

犬は、その皮膚疾患以外は、健康そうだった。なかなかよく肥えていたし、毛は輝き、頰と巻きあがった尾っぽの内側の白い毛は、うすいさんのコレクションに加わってないのがおかしいくらいちゃんとした白をしていた。白い石塀の表面で、押し付けられた体の毛が本来の流れとはちがう方向に向いてべったりしているのが見えていた。犬はぶるぶるっと頭を振った。毛がぱっと散ったが、網戸のおかげでこちらには飛んでこなかった。犬はひゅんひゅんと鳴いた。

「ねえ名前は？　なんていう名前？　オス？　メス？」

うすいさんは私の目を見ておっとりと答えた。

「ほんとうにねえ、裏の広いところにいればいいのに、いつもこんな狭いところを無理矢理入ってくるのよ。こんなことしても、あなたはおうちのなかには入れませんってていつも言い聞かせてるんだけどねえ」

それから、うすいさんは私の頭に手を載せた。

「いい子ね、ひとみちゃん、網戸を開けないってお約束できるよね？」

私はうなずいた。

「それなら、この隙間からなら、犬を見ててもいいよ」

私は母を見上げた。母は厳しい顔で私を見ていた。

「いい？　見てるだけだよ。触っちゃだめ。網戸も触っちゃだめ。わかった？　できる？　絶対だよ。できる？」

私はうなずいた。

うすいさんと母は、食卓に戻った。母はいったん座ってからまた怖い顔をしてこちらを振り向き、念を押すようにくいっと顎を上げた。

私は、ガラステーブルからりんごジュースのコップを持ってきて、網戸ぎりぎりのフローリングに腹ばいに寝そべった。りんごジュースを一口飲む私を、犬は真っ黒の目で見ていた。

「見て、これ」私はガラスコップを振った。「おしっこ」

私はひとりでいひひひひと笑った。

「うそでーす。りんごジュースでしたー」

犬は無反応だった。ぶしゃっとくしゃみをしていた。

私は次に、『バレエの世界2　白鳥の湖／ジゼル』を掲げて見せた。

「知ってる？　すぐ踊る人たちの話」

私は交差させた足をぶらぶらさせ、本を読んでやることにした。フローリングについた肘は早くも痛くなってきていた。私は目の下に本を広げ、そのすぐ手前についた肘の位置をこまめに変えながら読み上げた。

「お誕生日の前の日だというのに、ジークフリード王子は、ゆううつでした」

すると、犬がひいいいいいんとかすれた声で遠吠えをした。笛の悲壮な音色のような吠え声だった。

私は本から目を上げて犬を見た。犬はこちらを向いてじっとしていた。

「……なぜなら明日、」私はちらちらと犬を見ながら続けた。「王子はおいわいのぶとう会で、花よめをえらばなければならないからです」

犬は口元をつんと上げ、また、ひいいいいんと鳴いた。

驚いて、うすいさんと母がやってきた。

「どうしたの」と母が言った。

「わかんない。本読んであげたらひいいいいいん、だって」

私は二人の前で、次の一文を読んでみせた。

「けっこんしてしまえば、もう今までのように楽しくあそんではいられません」

ひいいいいいん。

「ね?」と私は言った。

「なんだろ、どうしたのかなあ?」母が薄ら笑いを浮かべて首をかしげた。

「ひとみちゃんに遊んでもらって、きっとうれしいのね。ありがとね、ひとみちゃん」とうすいさんは言った。

それから、帰るまでの時間を、私は犬に本を読んで過ごした。犬は、私にいちいちひいいいいん、ひいいいいん、と答えた。ほら、もう帰るよ、わんちゃんにバイバイは？　と母に引っ張られて立ち上がったとき、「白鳥の湖」は終わっていたが、「ジゼル」はまだはじまったばかりだった。

「ごめんね、今度続き読んであげるね」と私は言った。

でもその今度がやってきたとき、ブラックウォッチのシャツにグレーのスカートに白いハイソックスの私が、帆布のトートバッグから出したのは『ばんちょうさらやしき：おきくさんの呪い』だった。

「いちまーい。にまーい。さんまああーい」私は犬と目を合わせて、できるだけおそろしげな声を出した。でも、九枚までは遠い。面倒になって、「よんまいごまいろくまいななまいはちまいきゅうまい！」と一気に言い切る。それから、「ああー」と顔を覆い、その手をぱっとのけて網戸に触れんばかりに顔を突き出した。

「一枚足りなあああいいいいいぃぃぃ」

犬はひいいいんと鳴き、私もそれに調和するようにすすり泣きの真似《まね》をした。

犬は、どんな本を読んでも、同じように悲しげに鳴いて応えた。本ではなくて自分の話をしたり、単に話しかけたりすると首をかしげるかうしろ脚で首の皮膚疾患を掻きむしった。すると網戸に、血しぶきがぱらっぱらっと飛んでくっついた。でもよく見るとそれは血だけじゃなくて、血にまみれたピンク色や黒の肉片だった。犬の患部は、すでに赤黒いだけではなくなっていた。白いか、ほとんど半透明みたいな帯状の組織が見えることもあったし、あざやかなオレンジ色の、ウニの生殖巣そっくりのぶつぶつがこぼれそうになっていることもあった。いつからか首輪は外されていた。いや、外されたのではなかったのかもしれない。私は、首輪が犬のたるんだ首の、ただれた肉の沼にずるっと沈んでいくところをしょっちゅう思い描いた。皮膚炎は、見るごとに範囲が広がっていった。私は、犬がついにお腹を掻きむしり、そこから紫色と緑色の汁が垂れ、泡がぽつっと膨らんで弾けたのを見て、気分が悪くなったのをよくおぼえている。犬は平気な顔をしていたけど。

「なんだかだんだん悪くなっていくみたいねえ、かわいそうに」

ときどき母が一緒に犬を覗き込んだ。

「ねえ、どうしてかしらねえ。お医者さんも、犬にはよくあることですって言うんですけどねえ」そのたびにうすいさんはのんびりと言った。

私は結局、何度うすいさんの家へ行ったのだったか。うすいさんは、うすいさんの夫も息子も娘も不在にしているときにしか私たち親子を招かなかった。私ははじめのうちはうすいさんの犬に会いたくて、うすいさんの犬に本を読んでやりたくて、母が行かなくてもうすいさんが招いてくれなくても一人で行くと泣きわめいて母に激しく叱責されたこともあったが、触ることもできず、撫でることさえできない皮膚炎の犬に、長く関心を持ち続けるのはむずかしかった。

母はちがった。母はうすいさんに長く惹きつけられていた。私がついて行かなくなっても、たまにうすいさんを訪問しているようだった。母は年に二度ほど、思い立ったようにうちもうすいさんの家みたいにしよう！　と宣言し、お皿や調理道具、自分の服を全部収納から引きずり出してそこらじゅうに並べた。

「とにかく、ものの絶対量を減らさないとね。それには、まず持っているものを全部並べるといいんですって」

でも、うちはそんなに広い家でもなければうすいさんの家のように家具すら少ないというわけではなかったから、母は食卓の上にも下にもものを並べるし、ソファは使えなくなるし、二階へ上がる階段の左か右半分を使ってまで並べることもあって、母が捨てるべきものを吟味し終わるまでのだいたい一週間ほど、家はふだんよりよほど荒れて見えた。私はボウルや蒸し器や母が買ってきたものの使っていない掃除用の薬剤や、古いグッチのスカーフや母の祖母が使っていたぶどうのつるで編んだカゴや新婚旅行で買ったサングラスを、踏んだり蹴飛ばしたりしないよう、跳ねたり爪先立ったりして歩かなければならなかった。

　母が管理する生活用品と母自身の持ち物のうちのいくらかがようやく処分されると、今度は父と私にも同じことが要求された。母はさりげなく、しかししつこく持ちかけた。父は擦り切れてもう使うことのできなくなった古いネクタイの束を処分するよう迫られたが、決して屈することはなかった。私はインクがなくなったサインペンやボールペンを、道で拾ってまで収集していたのを捨てられた。私は泣きに泣き、その日母が買って来たばかりの母のユニクロのカーディガンの上に吐いた。

　うちがうすいさんの家みたいになることは、決してなかった。うちは、ときどきはとても片付いていたが、たいていはちょっとごちゃっとしていて、行き場のない、あるいは行き場があったのに家族の怠慢でなくしてしまった雑多なものの吹き溜まりが三つ四つ目立つ、ごくふつうの家だった。

　私がさいごにうすいさんの家に行ったのは、私が高校生のときだ。母が言った。

「そうそううすいさんとこねえ、犬を飼いはじめたんですって。ぜひ見にいらしてって言われて、明日見に行くのよ。今、ちょうどお嬢さんが妊娠して里帰りされてるのに、そんなときに飼いはじめるなんて、ちょっと、ねえ？　まあうすいさんのお宅はいつもすごくきれいにしてあるから……でも黴菌《ばいきん》とか、心配じゃないのかしらねえ」

「犬？」私は、はっと顔を上げて母に尋ねた。「犬って、新しい犬？　じゃああの犬は？　あの犬、もしかしてもう死んじゃってるの？」

「なに言ってんのよ。あの犬って？」

私はうすいさんのところの、ひどい皮膚炎を患った犬の話をした。石塀と家屋の狭い隙間にぎゅうぎゅうになって、顔だけちょこんと出していた犬。私が本を読んであげたら、ひいいいん、ひいいいん、と泣くように遠吠えしていた犬。

「なに言ってんのよ」母はもう一度言った。「いやだひとみ、それどこのお宅？　ママの知らないうちにどこのお宅に遊びに行ってたの、ママそこのお宅にご挨拶してなかったんじゃない？」

「ママ！」私は叫んだ。「ママこそなに言ってんのよ、うすいさんの家の犬だよ！　忘れちゃったの？　信じらんない！」

私は怒り狂った。けれど、母と言い争ううちに、私の怒りは母があの犬をすっかり忘れてしまったせいばかりではないことがわかってきた。

「そうだ」と私は唾を飲み込んでから言った。「そうだよ、どうもおかしかった。だって、皮膚炎、どんどんひどくなっていってた。そんなのおかしいじゃない？　ふつう、よくなるでしょ、お医者さん連れてってたら。連れてってなかったんだ。診せてるってうすいさん言ってたけど、あれは嘘だったんだ。それに、壁と家すれすれの狭いところにいたのだって、犬が好きでいたんじゃないのかも。そうだよひどい！　きっと皮膚炎にかかって汚いから、あそこに犬を押し込めてたんだ。自分のきれいな、理想のおうちを壊すから。そういえば！」

私は口に手を当てて悲鳴を押しとどめた。

「私、うすいさんが犬を散歩させてるところ見たことない！　うすいさんとはときどきそのへんで会って挨拶するけど、一度もだよ！　一度も、犬といっしょじゃなかった！　昔から、ずっと！　それって動物虐待じゃない⁉」

実のところ、私はうすいさんの夫も息子も娘も見たおぼえはなかったが、それはあまり気にならなかった。

翌日、私も母といっしょにうすいさんの家を訪ねることにした。「うすいさんの前で変なこと言わないでよ」と母が念を押した。

「言わない。新しい犬が見たいだけ」

「それから、急に言うもんだから、あんたの分のシュークリームないよ。お嬢さんが妊婦さんだから、わざわざ脂肪分の少ないヨーグルトのクリームを使ったシュークリームのお店まで行って買ってきたんだから」

「太るからシュークリームなんていらない」と私は言った。

私は肩幅に足を開き、玄関のドアを睨みつけていたが、うすいさんは私を見るなり「ひとみちゃん！」と笑顔になった。

「ひとみちゃん、うちに来てくれるのは本当に久しぶりねえ」

「すみません、急にどうしても行きたいって言い出して……」

「いいんですよ、ぜんぜんかまいませんよ。人見知りをしない犬なんです。きっとひとみちゃんとも仲良くなるわ」

うすいさんがリビングのドアを開けるなり、茶色い小さなものが転がるようにぶつかってきて、私の足元でぴょんぴょん跳ねた。

「まあ、かわいい！」母が大声をあげた。

「名前は？」私は尋ねた。

「ココアっていうの。女の子よ」うすいさんは即答した。

私はそっと手を伸ばし、やわらかくつやつやした細い毛に触れた。嫌がらなかったので手をくぼめて頭のかたちに沿わせると、それの頭蓋骨が薄くもろいのがよくわかった。

それはトイプードルだった。茶色だけど、あの犬の金に近い茶色とはぜんぜんちがって、たしかにココアの色をしていた。

うすいさんの家のリビングは相変わらず片付きすぎるほど片付いていたが、白一色ではなくなっていた。ソファが、深緑色になっていた。テレビの覆いも外れていた。

それから、うすいさんの夫がいて、うすいさんの娘もいた。どちらも見たことがない人だった。うすいさんの夫は顔が大きく四角い人で、うすいさんの娘は長い髪を金茶に染めていた。ヤンキーじゃん、と私は思った。うすいさんの娘は臨月だったが、異様に痩せていた。手足は私の半分ほどの太さしかなくて、肘と膝がお腹と同じくらい目立っていた。

「ああひとみちゃん、こんにちは。うちの犬を見に来たんだね」

「わあ、ひとみちゃんすっかり大きくなって！」

二人は、まるで私のことをよく知っているみたいに口々に言った。うすいさんは、母からシュークリームの箱を受け取り、冷蔵庫へ収めた。ココアはまた転がるように走って行って、うすいさんの足元で後ろ足だけで立って跳ねた。

「はいはい、だめよこれはココアちゃんのじゃないよぉ」うすいさんが、聞いたことがないような高い声を出した。「でもちょっとくらい舐めさせてもだいじょうぶかしら」

「だめだよお母さん」うすいさんの娘が言った。

「そうよね、わかってます」うすいさんが私たちのほうを向いて苦笑した。「犬を飼うのははじめてだから、甘やかす限度がよくわからないのよね、よくないわね」

「はじめて？」と私は険《けん》のある声で言った。

「これっ」母が私を肘で突いた。

私はにっこりした。

「はじめてなんですか？　犬飼うの」

「そうよ」うすいさんはにこやかにうなずいた。

母が割って入った。「すみませんねえ、この子、なにか勘違いをしてて……」

私はかまわずにロールスクリーンが下まできっちり下ろされたテラス窓を指差した。

「あそこに何かいませんでした？　昔」

ココアが私の指先を見て、はっとして足を縺《もつ》れさせながらロールスクリーンに突撃した。ソファに座っているうすいさんの夫と娘が楽しそうな悲鳴をあげた。

「あらあらあら」うすいさんがココアのあとを追う。そして、「はいはい出してあげるからちょっと待って」と言って、一気にロールスクリーンを上げた。

そこには、そんなに広くはないけれど、庭と呼べる空間があった。子どもが横歩きをしてやっと通れるようなものではなく、大人が二人、ゆったり連れ立って歩けるくらいの幅はあった。うすいさんが窓と網戸を開け放つと、ココアがぽんと飛び出して、タイルの敷かれた地面で狂乱したようにくるくる円を描いて走り始めた。白い石の塀は、ほとんど見えなかった。そのちょっと手前から花壇が設《しつら》えてあって、ピンク色のコスモスが海藻そっくりの薄気味悪い茎や葉を揺らして咲き誇っていたからだ。うすいさんが庭に降りてつっかけを履き、テラス窓の縁《ふち》に腰かけた。母もその隣に並んで、フローリングにしゃがんだ。

「うすいさんのお宅は本当にいいですねえ。お庭もいつもこんなにきれいにしてあって。ココアちゃんはこんなお宅に飼われて幸せなわんちゃんね」

うすいさんの家が改装工事をして、敷地を広げたなんてことは絶対になかった。私はそんなの目撃していない。でも、こんなことってあるだろうか、と私は思った。子どものころに親しんだ場所を大きくなってから訪れたら、どちらかといえば昔より狭くなったように感じるもんじゃないの？

私はもう何も言わなかった。話しかけられたら、それに答えるだけだった。私の分のシュークリームがないことがわかって、うすいさんは手作りのプリンを出してくれた。手作りらしく表面の膜が硬く張った、カラメルのほろ苦いプリンだった。あとで、ソファにぼんやりと座っている私のところにココアが来たので、トートバッグから文庫本を取り出した。コナン・ドイルの『緋色の研究』だった。ココアは私の膝に前脚を載せ、伸び上がって興味深げに文庫本のにおいを嗅いだ。私は適当に開いたところを、小声で読んでやった。

「白状するが私は、ホームズの理論にかく実用性のある証拠をまざまざと見せつけられて、すっかり驚くとともに……」

しかし、読んでいる途中だというのに、ココアはフローリングに降り立ち、お尻をぴょこぴょこ振りながらうすいさんの夫の足に頭をなすりつけに行ってしまった。

そのことがあってから、私はしょっちゅう道でうすいさんかうすいさんの夫がココアを散歩させているのに行き合った。

そしてもう一度だけ、変なことがあったのだ。私は友達が猛スピードで漕ぐ自転車の後ろに立ち乗りし、友達の肩に手を置いて体を支えていた。夕方だった。自転車は、広い児童公園の外周に沿う歩道を走っていた。私は首の角度を変えるだけで、数秒のあいだ公園の中を見ることができた。そこのベンチに、うすいさんがいた。一人だった。うすいさんは一人で、とても幸せそうに微笑んでいた。いや、一人ではなかった。うすいさんは何かを抱いていた。なぜかココアのことは思い浮かばなかった。とっさに、赤ん坊だと思おうとした。うすいさんがあんなに幸せそうに抱いているのは、赤ん坊であるのがいちばん自然だ。うすいさんの娘はとっくに里帰りを終えて戻って行ったと母から聞いていたけど、またこっちへ来ているのだろう。でも、いくらそう思おうとしてもそれが赤ん坊じゃないことは一目瞭然だった。うすいさんの膝から顎くらいまでを占めているのは、たっぷりとした、金色に輝く茶色の何かだった。しかもよく見るとそれは、輝く茶色い毛並みだけでできているのではなかった。うすいさんがゆったりと撫でさすっているのは、ただれて紫色になった部分だった。そういう部分が、地図みたいに毛並み全体に散らばっていた。あの犬だ！　私は叫ぼうとして、叫ぶことができなかった。私はあの犬の名前を知らないのだ。犬！　と叫ぼうかどうか、私は迷った。迷っているあいだに、自転車は方向を変え、公園沿いの歩道を離れた。私は振り返った。うすいさんと犬が遠ざかっていく。うすいさんの手はきっと膿《うみ》と血とわけのわからない汁でどろどろに汚れていたことだろう。けれど、うすいさんは幸せそうだった。あれが愛《いと》おしくてたまらないといった様子だった。

そのあとは、うすいさんが連れているのは、いつもココアだった。ずっとココアだ。ココアは落ち着きのない犬で、いつもきょろきょろしていた。私を見ると、飛びついてきた。

でもあれから二十年だ。ココアももう死んだだろう。

昨日から、私は部屋を片付けている。一ヶ月ほど前だったか、私は突然夫のことがだめになった。耐えられなくなってしまった。その一瞬前まではそうではなかったのだ。一瞬前まで存在すら知らなかった限界が唐突にやってきて、身体中の内臓を取り替えられたみたいにばちっと変わってしまった。

夫のことを私はずっと人間だと思っていたが、ほんとうは汚い水でぱんぱんの古い袋なのではないかと疑いはじめていた。

私は、離婚する、と言おうとして黙った。次に、出て行って、と言おうとしてまた黙った。ここは夫の名義でローンを組んだマンションだったからだ。出て行く、という言葉も飲み込んだ。夫は、おどおどした顔で私の様子をうかがっていた。

私は夫のうしろに広がる、私の住まいを見た。それは結婚して六年のあいだ、私が絶えず改良を繰り返して整えた居場所だった。私の好きな家具に私が便利なように配置した各種家事道具に、私の好きな観葉植物。私たちには子どもはない。夫はもともと仕事で毎晩帰りが遅く、私にも仕事があった。文章を書く仕事だ。ずっと大したお金にならなかった仕事だったが、このところ注文が増え、もしかしたら軌道に乗るのではないかという期待があった。今、この環境を手放したくはない。

私の態度に怯えきった夫は、ますます帰宅が遅くなり、それはそれで暮らしていくには都合がよかった。私は夫の目を見るのをやめた。返事をするのもやめてみることにした。夫のシャツを洗濯し、夫の歯ブラシの毛先が潰れているのを見て新しいのに替えたが、断固として返事はしない。やってみると、それは容易なことではなかった。さすがに夫がかわいそうだという気持ちがあった。私は罪悪感と戦いながら、夫のごく短い呼びかけに顔を背《そむ》け続けた。でも三日後には、そんな努力もしなくてよくなった。私は呼びかけられなくなっていたのだ。そのことに気付き、私はかっとなった。そしてすぐに、汚い水を浴びせられたように消沈した。では、私は夫がどうすれば満足だったというのか。夫に何をさせたくて無視なんて子どもじみたことをしたのだろう。自分でも正解がわからなかった。正解なんて、はじめからないのだ。

昨日、私はふと、ここをうすいさんの家のようにしてみようと思い立った。私は仕事を中断し、立って部屋を見回した。

「とにかく、ものの絶対量を減らさないと。それにはまず、持っているものを全部並べる」

私はそのようにした。ゆうべ遅く夫が帰ってきたときも私はそれをしている最中だった。夫は玄関から上がってこなかった。玄関の前のフローリングに、私が引っ張り出した圧力鍋、もう使っていないパン焼き器や精米機、買い置きのふきんの束や重曹《じゅうそう》、クエン酸の大きな袋、私の浴衣、夫の浴衣などが並んでいたからだ。夫はそのまますくるりとうしろを向き、出て行ってしまった。並んだものをもっとパズルみたいに隙間なく並べなおすとか、爪先立って歩くとか、そういうちょっとした工夫をすれば、いくらでも上がって来られたのに。

そうして今、カーテンが朝の光を吸ってぼんやりふくらみはじめた今、クローゼットに上半身を突っ込んでいた私の腕に、犬が、あの犬が飛び込んできたのだ。私はたしかにうすいさんの家のようにしようと考えて行動を起こしたが、犬のことは誓って思い出してはいなかった。私はうすいさんの家のことばかり思っていて、もしうすいさんとともに思い描いていた犬がいるとしたら、それはココアだった。

それなのに、一瞬前まで記憶のどこにも見当たらなかった犬が、まるでそんな犬なんで実在しなかったみたいに二十年も思い出すことのなかった犬が、唐突に現れて私はその犬を抱きしめている。重い。膝からずり落ちそうだ。私はしっかりと抱き直す。犬の湿った、強い呼吸が耳元にある。私は犬を撫でる。指で探ると、豊かな毛が途切れて冷たくて熱い、ぐちゃぐちゃの皮膚疾患に行き当たる。私はうれしくなる。あの犬だ、たしかにあの犬だ。私は両手の指で犬のあちこちをまさぐり、たくさんのおそろしい皮膚疾患を探り当てる。

「待って、本を読んであげるから」私は犬に言う。私は目を閉じて鼻から犬のにおいを思い切り吸っている。甘い腐臭が激しく鼻を刺す。「でも待って、もうちょっと待って。もうちょっとこのままでいさせて」私は犬をますます強く抱きしめる。

息子

社内の照明が不意に黄色味を帯びたような気がしてパソコンから目をあげると、窓の外では空が雨雲にぴったりと蓋をされていた。

彼の勤めるオフィスは高層階にあった。雨雲はそれより高いところにあったが、彼のいるビルほど高いビルは付近にはまばらで、見通しがよく、そのせいでたいして見上げないでも窓辺からまっすぐ先に遠方までぎちぎちと詰まっている雨雲が見て取れた。雨雲の底はおおむねどす黒く、そのすぐ上に大小の鉄のような輝きをまだらにはらんでいた。

彼はこのような天候が好きだった。とりわけ、室内にいるのなら手放しに好きだった。

雨粒はまだなかったが、嵌め殺しの窓越しに濃密な水のにおいが襲いかかってきた。彼は、本当に自分がそのにおいを嗅ぎ取っているのかどうかあまり自信がなかった。社内は分厚い窓ガラスで密封され、効き過ぎた空調で体調を崩す者もめずらしくない。

たとえ嵐の日であってても雨のにおいが入ってくるとは考えづらい。だからそのにおいは、彼が幼い日に胸いっぱいに吸い込んだにおいの記憶に過ぎないのかもしれなかった。そしてまた、彼がこのような天候にひそかに心を躍らせているのも、あまりにも強くそう感じた幼い日の残響に過ぎないのかもしれなかった。

空はいよいよ暗くなり、社内の照明はいよいよ黄色味を増した。こんなふうに照明が黄色くなるような気がするのも、幼いころからだった。

社内では、彼のように席についたまま顔だけ窓に向けている者の姿がちらほら見られ、なかには席を離れて窓辺に立ち、今に降る、もう降る、土砂降りになる、これから外出の予定があるのに困った、などといささか興奮した口調で会話を交わす者もあった。

彼はゆったりと椅子に座りなおし、七歳の子どもに戻った心もちで深々と息を吸った。薄汚れたエアコンが吹き付ける乾燥した埃っぽい空気を、今にもしたたりそうに重く湿気った空気として吸い込む。七歳の時分なら、建て付けの悪い小学校の教室にいて、たしかにそのような空気で肺を満たしたのだった。

彼はあれから人生のさまざまな段階においておぼえていられないほど雨雲の到来を見てきたし、あれ以前にだって同じ経験をしていたはずだが、思い浮かぶ雨雲は、小学校の教室の窓から見たものだけだった。雨雲は、彼の印象ではいつもなぜか午後の、昼をだいぶ過ぎた時間にあらわれたものだった。彼は腕時計とオフィスの壁の天井近くに掛けられた丸時計に目をやり、まさに今も、同じ午後の、昼をだいぶ過ぎた時間であることを確認した。ちがうのは、当時はそれがもうすぐ義務から解き放たれる時間だったということだ。雨雲が押し寄せて教室の照明がにわかに黄色くなると、教室の子どもたちみんなが興奮を隠しきれずにざわついた。不吉な空模様は、なにもかもを強制的にご破算にしてくれそうで、となると、あと数分残っている授業時間など子どもたちにしてみればもうなくなったも同然だったから。

もちろんそれですべてが終わるとは、七歳の彼ですら信じてはいなかった。今なら、なおさらだ。ただ、これですべてが終わるかもしれないという底知れない高揚は彼の体にいまだに巣食っており、このような雨雲の日には湖に捨てたはずの死体がしつこくぽっかりと浮き上がってくるように姿をあらわすのだった。

彼は首のうしろを揉みほぐした。雨雲を透かす窓ガラスに、室内の天井に並ぶ蛍光灯が平行に映り込んでいた。雨雲はもはや世界を覆う天井であり、世界を密閉する蓋だった。

これでいいんだ。思うともなしに、彼は思った。これでいい。俺は、俺たちは閉じ込められてしまった。もうどこにも行けないが、もうどこにも行かなくていいんだ。

あっ降ってきた、と声が上がった。それと同時に、窓にきらめく斜めの傷がさっと入り、社内のたくさんの目が見守る前で一瞬のちには傷は数えきれないほどになった。彼はさらなる幸福感に満たされた。密閉された世界が水浸しになっていく中、彼はそこに林立する密閉されたビルの一つの内側で、中空に腰かけて安全にしているのだから。

土砂降りの雨は、勢いを変えながら一時間以上続き、そのあとにはなにごともなかったかのような気合の抜けた夕焼けがやってきた。とろっとして蜜のように光るのはほんの一部分で、その周囲の色褪せた橙《だいだい》はゆっくりと時間をかけて限界まで白むと、あっさり群青に押しつぶされていく。そのころには、雨雲と土砂降りの高揚は、とっくに彼から抜け切っていた。ほんの二、三時間前にそんな高揚があったことすら忘れているほどだった。

コピー用紙の文面を拾い読みしながら席へ戻り、クリアファイルをいくつかデスクから取り除《の》けると、下敷きになっていたスマートフォンがあらわれた。夕飯はいらない、というメールを妻にしなければならない時間だった。そうメールするにはいささか遅すぎたが、しないよりはよかった。

彼はスマートフォンを手に取った。四件の着信履歴があった。すべて妻だった。表示された着信時刻には二分と開きはなく、四件は立て続けにかかってきたものだとわかった。留守番電話はなかった。彼は当惑した。妻が電話をかけてくることは少なかったし、かけてきたとしてもこんなかけ方はしない。息子のことが浮かんだ。七歳の一人息子だ。妻が朝、息子に傘を持たせていたかどうか彼はおぼえていなかった。妻が持っていくように何度も説得したのに、息子が耳を貸さなかった朝は、別の朝だ。息子は、妻が買ってきた新しい傘が気に入らないのだった。紺地に細い赤の線が、幅の大きなチェックになっている傘だ。赤は女子の色だ、というのが息子の主張だった。これしかなかったんだからしょうがないでしょう、と妻は答えた。前のがよかった、なんで前の緑のを捨てたの、と息子は責めたが、息子もその理由を知っている。下校時に、住宅街の道の端に迷い出た子猫ほどもある太ったドブネズミを、ひっくり返した傘の中にすくいとり、居合わせた同級生みんなで死ぬまでぐるぐるまわしたからだ。妻が時短勤務から帰ったとき、息子と同級生たちはマンションの駐車場でランドセルを背負ったまま、まだ独楽《こま》みたいに傘を回してドブネズミの死体を踊らせていた。持って行きなさい、行かない、のやり取りを、彼は今朝はおそらくは聞かなかった。ということは、きっと持たせなかっただろう。彼だって、折り畳み傘も持って出なかった。息子は、小学校で雨が止むのを待っただろうか。それとも友人たちとわめきながら土砂降りの中に走り出て、服をずくずくに濡らし、走り、ランドセルをぶつけ合い、水たまりに両足で飛んで入り、転び……というところまで考えて彼ははっとした。息子が怪我でもしたのだろうか。

　彼は妻に電話をかけ直そうとして、手を止めた。まず、息子の現在位置をGPSで確認してからでもいいのではないかと思いついたのだ。

　彼は少し前に、息子に子ども用の携帯電話を買い与えていた。あらかじめ登録された番号とのみ通話することができ、あとはGPS機能がついただけのものだ。

　息子は妻より一足早く学校から帰ると、妻の帰りを待たずにランドセルを放り出して遊びに行ってしまう。息子の行く場所は決まりきっていた。近くの公園か、小学校の校庭にとんぼ返りするか、あるいはマンションの非常階段だった。また、同じマンションの別の階に住んでいる同級生の岸田くんの部屋にいることもあった。それでも、六時の帰宅時間を過ぎてしまうと、心配でたまらないのだと妻は言った。

　でも、ぐずぐずしてるときはだいたいは岸田くんのところなんだろう、と彼は言った。だいたいはね、と妻はため息をついた。絶対じゃないのが問題なんだけど。

　つまり、岸田くんの部屋に電話をし、お宅にうちの息子がお邪魔していませんか、と尋ねる手間を省きたい、ということだった。それは、うちだけではなく、岸田くんのお母さんの手間を省くことにもなる。妻はGPSで息子の居場所を確認し、それがマンションの位置を指し示していなければ電話をして即刻帰ってくるよう命じる。マンションの位置を指し示していれば、まず我が家のある三階から非常階段の上下の気配をうかがった上で、そこにいれば声をかけ、いなければいよいよ四階にある岸田くんのお宅の前まで行き、インターホンを押し、息子を強制的に連れ帰る。

ただでさえも岸田くんのお母さんにはお世話になっているのに、と妻は言った。息子が帰るのを嫌がり、岸田くんもいっしょになって嫌がり、岸田くんのお母さんもすすめるので、岸田くんの部屋に泊まるのを許したことがあった。そのとき、この借りは必ず返さなければならない、と思いつめた顔で妻が言った。まるで復讐を決意したみたいな言い方だ、と彼は笑った。だってそうしないわけにはいかないじゃない、妻はしょげかえったように言った。翌月のある夜、遅くに彼が帰ると、岸田くんが息子の個室で、息子のベッドの横に布団を敷いて眠っていた。

彼は、スマートフォンの操作をした。買い与えてすぐのころに何度か意味もなく息子の位置情報を確認して遊んだことがあったので、やり方はこころえていた。やってみるたびに、自宅のあるマンションが同心円で囲まれた。毎回そうなので、とくに面白みもなかった。

約束では、息子は学校から帰ったら、子ども用の携帯電話を首にかけ、電源を入れてから遊びに出かけることになっていた。家の鍵はベルトループに通すストラップに取り付けてポケットに入れさせているが、携帯電話のほうはネックストラップだった。

首にかけるそのストラップは、強い力がかかったときうしろのほうに取り付けられたプラスチック製のホックが外れるようになっている安全設計の品で、そのストラップの青い色を息子はいたく気に入っていた。

スマートフォンはこれまでと同じ面白みのない反応を示し、彼はひとまずはほっとした。現在位置が表示されるということは息子が無事に小学校から帰宅して電源を入れたということだし、しかも息子は今マンションの敷地内にいる。息子は安全だ。彼の手のなかにおさまっているスマートフォンのように。

そのとき、スマートフォンがぶるぶると震えだした。妻からだった。スマートフォンの平たく硬い面が、彼の複雑で柔らかな耳介《じかい》をそっと押しつぶした。

「どうしたんだ」と彼は言った。

「困ったことになっちゃって」疲れ切った声で妻が言った。

彼の息子は土砂降りに奮い立ち、雨を全身に思う存分に浴びながら帰宅した。その時点では、まだ妻は帰っていなかった。妻が帰ってきたのは、息子がずぶ濡れの服のままでランドセルを投げ出し、携帯電話を首にかけて出て行ってしまってからだった。妻はそれを、廊下と居間に残された、うっすらと土埃を浮かべて輝く足跡のつらなりを見て悟った。

妻は青ざめた。まさかそのなりで岸田くんのお宅に上がり込んでいるのではないか。妻の目には、足と床のあいだでぶしゅっ、ぶしゅっと水を吐く黒ずんだ靴下が見えるようだった。

妻は祈るような気持ちでGPSを確認した。息子はマンションのどこかにいるということがわかった。

「それで?」と彼は先を促した。「岸田くんのお宅にいたのか」

「それが、ちがうの」彼女は途方に暮れているようだった。「どうしてあんなところにいるのかわからない」

「どこにいるんだ?」

「屋上、ううん、まだ屋上じゃない。屋上に上がる手前の非常階段。あなたは知らないだろうけど、うちのマンションの非常階段は最上階の十二階から先も続いていて、屋上につながってるの。でも、その階段の途中に、それがね、えっと、踊り場じゃなくてほんとにいきなり階段の途中なんだけど、鉄柵でできた扉があるんだよね。天井まである鉄柵の扉、それ、いつも鍵が閉まってて、それで屋上に上がれないようになってるの。扉にもともとついてる鍵だけじゃなくて、扉の柵とね、なんていうんだろう、外枠? 外枠の柵に、南京錠までかかってて。なのにその向こうに、いるの。あの子。一人で」

彼女が言うように、彼は知らなかった。それなのに、妻のたどたどしい説明で、彼はまるでよくそこを知っている場所のようにイメージすることができた。

彼らの住んでいるマンションの非常階段は、建物と一体化したコンクリート製の屋外階段となっている。外部側の壁の高さは大人の胸あたり、階段と踊り場の幅は大人が二人並んで通れる程度のもので、階ごとに住居のある区域からこの非常階段に出るための非常扉がある。非常扉は基本的にどれも鍵がかかっており、住居の区域からしか開錠できない。息子とその友人たちが、非常階段を駆け回るグループとエレベーターを駆使して住居の区域から非常扉を開錠したり施錠したりするグループに分かれて遊んでいるらしいことは、彼は息子から聞いたことがあった。あるいは、単に非常階段に座り込んでみんなで絵本を見たり、カードゲームをやったりすることもあるらしい。

「非常階段を一階から上がって行ってやっとあの子を見つけたのに、そんな濡れたままでいると風邪ひくからこっちおいで、お母さんと帰ろうって言ったのに、あの子、いやだ、このままがいい、ここにいたいって……。一体どうやってあの鉄柵の向こうに行けたのかもわかんないし、聞いても教えてくれないし、こんなときに限って管理人さんは管理組合の会議で不在って紙が貼ってあるし……」

スマートフォンを押し付けているせいで、耳介の軟骨《なんこつ》がかすかに痛んでいた。彼が彼であるのは、そこだけだった。今、彼は、七歳の息子として、一人で、ずぶ濡れのままで、一歩一歩、非常階段の薄い灰色のコンクリートを踏みしめて上がっていた。さっきまで走っていたせいで、寒くはなかった。それにこの気候だと、寒さを感じる前に乾いてしまうだろうとも思った。服を着たままでずぶ濡れであるというのは、なにか特別なことだった。非常階段は、明るい階段とほの暗い階段の繰り返しだった。外部側の階段は外光にさらされて明るく、踊り場を経てさっきの階段と平行に切り返されて続く内側の階段は、上下左右を壁で囲われていて暗い。まるで管のようなそこを進んでいると、上で彼を待ち受ける踊り場がぽうっと光っているのが見える。

非常階段は十二階までは滑らかで真ん中あたりには石のように深いつやがあったが、十二階の非常扉を横目に見ながら踏み出す次の一段からは、隅に真っ黒な黴《かび》そっくりの苔が生え、水分を含んだ埃がねっとりと段を覆い、乾き、また湿気て、ヘラのようなものでこそぎ落とさないと取れないほどになっていた。ここへは、友達もいやがって滅多に上らない。おまけに、ここは暗い、管みたいな方の階段で、中程にいきなり、そう、妻の、母の言うとおりいきなり、踏面《ふみづら》と左右の壁、天井をがっちりと囲む鉄枠が仕込まれ、そこにぴったりと鉄柵の扉が嵌め込まれているのだった。鉄枠も鉄柵も白く塗装され、あまりにもその白のペンキがべったりとしているために、白は光を反射する色であるのに、黒が光を吸収するよりも強い力で光を吸い取ってしまっているような気がした。

　彼はノブを回し、手前に引っ張ってみた。これは手前に引っ張って開けるドアだ、だって押せば階段の次の段にひっかかってしまう。瞬時に判断できた自分に彼は満足感をおぼえたが、ドアは開かなかった。施錠されていたし、南京錠もあった。彼は小さな手を柵に差し入れてみた。手を広げて手刀のかたちで差し入れ、こぶしのかたちで戻した。子どもの手なら、こぶしでもなんとか通るといったところだった。

「なのに、どうやって入ったんだろう、ほんとに」電話の向こうで妻が嘆いている。「こっちに来てくれないならお母さん帰っちゃうからねって何回言っても、いいよ！　なんて……。本当に帰って、ちょっと時間置いてまた見に行ったらいなくて、びっくりして呼んだら、なにー？　ってなんでもないみたいに踊り場からひょっこり顔を出すんだけど、夕飯なに？　夕飯までには帰るとか言って……」

「じゃあそれでいいじゃないか」話してみると、彼はあっという間に彼だった。「あ、そうだ、俺、今日遅くなるから。夕飯いらない」

「え、あ、そうなの？　わかった。え、でもあの子はだめだよ。なに言ってんの。夕飯の時間までずっとあそこにいさせるわけにはいかない。風邪ひくし、あんなところにいたら危ないじゃないの」

　危ない？　彼にはなんのことかわからなかった。息子は屋上じゅうをスキップして回っているかもしれないが、まさか落ちることはないだろう。

「でもなんでなの？　どうやってあの子、あっちに行ったの？　言っとくけど、柵の隙間から入るのは無理だからね、いくら子どもでも」

「わかってるよ」むっとして彼は言った。

「わかってる？　わかってないくせに」好戦的に、彼女が言い返した。

わかってないのは妻の方だ、と彼は思った。どうして息子が扉をくぐり抜けたかわからないくせに。

彼もわからなかった。でも、彼は、行ける、ということはわかった。そういうものだ、ということが。それが、妻にはわからないのだ。

彼はスマートフォンを置き、それ以上そのことは考えなかった。八時に同僚が宅配弁当を注文する者を募り、伸びをしがてらそれに手をあげた。会社を出たのは十時半で、空気はむっとしており、真っ黒な道路がところどころ濡れて信号機や街灯の色を映しているのを彼はちょっと不思議に思った。が、すぐに、午後に雨が降ったことを思い出した。帰宅は十一時半近くだった。

マンションの自室のドアを、彼はそっと音を立てないように閉めた。遅く帰る日は、そうするようにしていた。息子の個室は、玄関にいちばん近い部屋だからだ。

玄関はいやにすっきりしていて、つっかけが一つきちんと揃えて置いてあるだけだった。彼はその隣に自分の革靴をぴったりとくっつけて揃えた。廊下の照明は消えていたが、奥の居間の灯りが、すりガラスのドアから漏れていた。それがフローリングの一部を鈍《にぶ》く光らせ、彼はそのフローリングの穏やかな輝きのなかにとても小さな、ほんのわずかな埃のかたちが浮かび上がるのを見た。彼は静かに息子の個室の閉まったドアの前を通り過ぎ、すりガラスのドアに手をかけた。

「おかえりなさい」と妻が言った。彼女はソファから立ち上がったところだった。

「ああ」と彼は答えた。

妻は脚が異様に短く見えるゆったりしたジーンズを穿き、Tシャツの上にグレーのカーディガンを羽織っていた。見慣れた妻の家着だった。

「ボタン、掛け違えてる」と彼は言った。

「ああ、ほんとだ」

彼女はうつむいてボタンを上から一つずつゆっくりと外し、裾をぴんと引っ張ってボタンとボタン穴の位置を合わせてからまた一つずつゆっくりと留めていった。いちばん上のボタンを留めると、同じリズムでつと顔を上げた。化粧を落とした妻は眉毛が薄く、背丈が低いのも手伝って妙に幼く見える。髪はうしろで結わえられていたが、ところどころ頭部のかたちに沿わずに間抜けに浮いている毛束があった。

とつぜん不安が湧き起こり、同時にうしろめたくてたまらなくなった。けれど、なぜうしろめたいのかはまったくわからなかった。彼に心当たりはなかった。妻が彼の前を通りすぎ、キッチンへ向かうのを、彼は目だけで追った。

「今日はすごい雨だったね」と彼女がコンロのスイッチを押しながら言った。

チチチ、と音がして、ぼっと火がついた。コーヒーを飲むのだ。彼女は、寝る前なのにコーヒーを飲む。カフェイン？　私よくわかんないの、コーヒーで眠気が覚めたことなんてないし眠れなかったこともない、私、ただ単にコーヒーの味が好き。あなたは？　飲めないの？　うそ、コーヒー飲めないの？　子どもみたい、と彼女は笑った。それはもう十年以上前のことだ。

「天気予報で、降るって言ってた？　私は知らなかったんだけど」

「いや、俺も知らなかった」

「そう」彼女は振り返って微笑んだ。「私、土砂降りって好き」

彼はうなずいた。

「子どものころ、土砂降りの日にわざと傘を忘れて出たことがあったなあ。私、びしょ濡れになってみたかったんだ、服のままで。バカみたいだけど。で、いざびしょ濡れになってみると、ちょっと思ったのとはちがったんだけど、なにがちがったんだったっけ？　でも面白かったなあ、またやってみたい」

彼女はキッチンの前で腰に手をやり、ぐぐっと背を反らせた。それから、両手をまっすぐ上に上げ、何かを受け取るみたいに手を広げ、顔を仰向けて伸びをした。

彼はそのうしろすがたを見ていたが、はっとして大股で近寄った。

彼が彼女のつめたい指先を摑むと、彼女は素直に、されるがままに手首をそらし、彼に手のひらを見せた。彼は思わず、「どうしたんだこれ」と大声をあげた。彼女が体勢を変えてこちらを向こうとしたので、彼はいったん妻の手を離した。が、またすぐに指を摑んで自分にも妻にも手のひらがよく見えるようにした。彼女のどちらの手にも、手のひらを横切って走る、長く赤い擦過傷があった。

「痛くない？」と聞く彼を、彼女は不審げに見た。

「痛くないわけがなくない？」

彼は左の手のひらをぐいっと引き寄せた。擦過傷は厳密にはひとつの傷ではなく、断続的に小刻みに引き裂かれた傷が重なり合い、連なって、全体としておおよそ一直線となっていた。その細かな傷ひとつひとつに微小なかさぶたや、黄色い分泌物のかたまりが付着していた。彼は、乾いた分泌物に混じる埃のようなものを指先で注意深くつまんだ。

「何すんの、痛い！」妻が小さく叫んだ。

「ごめん、ゴミがついてたから」

彼はつまみ取ったものを見た。それは、はっきりとした青の、もやもやとした繊維くずだった。よく見ようと顔に近づけると、自分の鼻息でどこかへ飛んでしまった。

彼女はあきれかえってコンロの火を止めた。右手にミトンをはめ、慎重にケトルを持ち上げる。

「痛くないのか?」また彼は尋ねた。

「だから、痛くないわけがなくない?」そう言いながら、彼女はインスタントコーヒーの粉が入ったマグカップにお湯を注ぐ。

「その傷、どうしたんだよ」と彼は繰り返した。

「さあ、どうしたんだと思う?」と彼女は言った。

彼らはキッチンの前で向かい合って立っていた。彼女は立ったまま、コーヒーをすすっている。

彼女は、マグカップの取っ手をぎゅっと握らず、右手の人差し指と中指の先だけを引っ掛け、親指を添えていた。そしてマグカップが安定するように、左手のやはり人差し指と中指と親指で縁のカーブをつまむようにして支えていた。手のひらの傷がどこにも触れないようにしているのだ。

妻の手は小さくて子どもみたいだ、とかつては思っていたが、妻の手はただ小さいだけで子どもの手とは似ても似つかないということを、もう彼は知っていた。彼は、さっき妻の手の傷から剝がした繊維くずの青を、たしかにどこかで見たような気がしていた。妻は、なにか青い紐状のものを引っ張ったのだ。柵のあいだに右手を差し入れ、左手も差し入れ、安全設計のプラスチック製のホックが用をなさなくなる位置でそれぞれ紐を摑み、こちらへ引き戻そうと、全身の力を込めて、おそらく目を閉じて、当たり前だ、目を開けていられるはずがない、顔をくしゃくしゃにして目を閉じ、それだけでは足りなくて顔を背け、もしかしたら顎が胸につくまでうつむいて、青いネックストラップの紐を、あんなひどい傷ができるほど強く、激しく、長いこと、引っ張ったのだ。

「あの子は?」息を詰めて、彼は尋ねた。

「あの子って?」

コーヒーの香りがにわかに濃くなった。彼はコーヒーの味だけでなく、香りも苦手だった。その香りの向こうで、彼女が小首をかしげていた。

彼はもう少しで、息子、と口にしそうだった。息子だよ、俺たちの。でも、すんでのところで彼はとどまった。

ドレス

るりの右の耳たぶに、鉄のようなものがくっついている。はじめは見間違いかと思ったが、どうやらそうでもないようだった。

ふたりは、カフェのテラス席に座っていた。丸いテーブルと背もたれのついた硬い椅子がふたつ用意されている席で、椅子は向かい合うかたちではなく隣り合って並べてあった。

彼とるりはそのまま素直に腰を下ろした。ふたりの前には、だからまず丸テーブルがあり、その向こうに一方通行の道路が横たわり、何本かの街路樹があり、向かいの建物の煉瓦造りの外壁があった。道路にはひっきりなしに滑り込んでくる車と、道の脇に無理矢理停めてある車と、それを避けるために車道にはみ出して歩き過ぎる無数の人々がいた。ふたりの背後にはカフェの巨大なガラスの外壁があり、その中にも客が限界まで詰め込まれていた。カフェの天井は高かった。客たちはガラスの水槽にぎっしりと敷かれた、折り重なる底石のようだった。

ふたりはそれぞれ、ホットコーヒーの入った蓋つきの紙コップをテーブルに載せていた。るりはその紙コップを、両手でしっかりとくるみこんでいた。

彼はるりの耳たぶを横目で盗み見るのをあきらめて、とうとう顔ごと彼女のほうを向き、耳にかぶさった髪の毛の合間からじっくりと眺めた。それは彼には、虫歯を覆う銀色のかぶせものを耳たぶの大きさ分だけ、でたらめに貼り合わせたものに見えた。

「あ、これ？」とはにかみ、るりが髪の毛を耳にかけた。

それで、よく見えるようになった。鉄のようなものの表面はなだらかではなく、やはり歯の噛み合わせ面に似てでこぼこしていた。小さいながら、色合いも一定ではなかった。それは鉄色で、銀色で、真鍮《しんちゆう》色で、水に浮いた油膜のけがらわしい虹色でもあった。

「どうかな」るりは少し上目遣いで彼を見て、まだはにかんでいた。

「どうしたの？」とっさにそんな言葉が出た。「だいじょうぶ？」

「え、だいじょうぶだけど」とるりが首をかしげた。

「そうか」彼はほっとしたが、なぜほっとしたのかいまいちよくわからなかった。

「で、どうかな。かわいい？」るりがやさしく尋ねた。ずっと年下か、さもなければずっと年上の人間に語りかけるような、親切心に満ちた声だった。

そう言われた途端、彼はそれの正体に気づいて目の前が開ける思いだった。まだ春というには少し早く、街路樹は丸裸だった。砂の色をした幹や枝に、しらじらと光が当たっていた。

彼が気づいたのは、それはかわいいかどうかが重要な属性であるタイプのもので、つまりアクセサリーなのだ、ということだった。それから、たった今まで、彼はそれをアクセサリーとは夢にも思わず、医療器具の類だと思い込んでいたということ。それで自分は、さっきるりにだいじょうぶかどうかと訊いたのだ。

彼は合点してうなずいた。

「面白いね」

「面白いでしょ」

「そっちはちがうの？」

「うん、これは前から持ってたやつ」るりは半身をねじって彼に左耳を向けた。そこには模造パール一粒の小さなピアスが突き刺さっていた。「アシンメトリーにしてみた」

彼はうなずいた。

るりはまた彼に右耳を見せ、ふと手をやって耳たぶを覆うと、その鉄のかたまりをぱちんと外した。

「これはね、ピアスじゃなくてイヤリングなんだ」

るりは指先に載せたそのイヤリングを彼に差し出した。

イヤリングは開いた貝のようなかたちをしていて、耳たぶを下から挟み込むつくりになっていた。貝のどちら側もいびつなかたちをした同じ鉄くずで、どちらが留め具ということもないようだった。そのイヤリングは、耳たぶの表側だけではなく、ほとんど見えない裏側をもひっそりと飾っていたのだった。

それでもそれは、やはり彼には医療器具、それも見た目の良さなど意に介さない緊急に間に合わせたものか、もしくはまったくのゴミにしか見えなかった。

それより、彼の目はるりのあらわになった耳たぶに釘付けだった。るりの耳たぶはやわやわと薄く、みずみずしく、はかなく、花の茎のようにこまかくやさしい産毛で覆われ、中心より少し下に、血管の色を透かすほの暗い赤のごくわずかな陥没があった。ピアスの穴だった。

るりの右の耳たぶは、たしかにだいじょうぶだった。何の問題もなく、見えているかぎりの彼女の体のどの部分よりもいたいけだった。ピアスの穴がなければ子どものものと言っても通るだろう。ピアスの穴があってさえ、無垢という言葉が浮かんだ。彼は、胸に湯がぶちまけられるような心地よさを感じた。

と、るりはまたぱちんとやって、耳たぶを鉄くずで隠した。さらにその耳を、落ちてきた髪の毛のひとすじひとすじが、あっというまに束になって覆った。白い昼の光の下では、髪の毛にも油膜のけがらわしい虹色の輝きを帯びる一瞬があった。るりは彼を見上げて微笑んだ。

「寒い」と彼女は言った。「手が冷たくなっちゃった」そう言って、両手で紙コップを摑みなおす。

彼の手は冷たくはなかったが、るりを真似て自分の紙コップの胴にてのひらと指をつけた。そして驚いた。いくらも飲んでいないその紙コップは、外気のなかでおそろしい早さで冷めつつあった。紙コップ越しに伝わってくる感触で、まだたっぷり残っているコーヒーが、もはやほとんど無価値なものになり果てていることを彼は知った。これではるりがいくら紙コップを握りしめても、手があたたまることはないだろう。彼は、るりの冷たい手を取って自分の手であたためてやりたいと思った。けれど、礼儀として、まだそうすることはできなかった。すぐにできるようになるだろう、早ければ今夜にでもそうすることができるようになるだろう。けれどとにかく今は、まだだった。

るりの手は、爪にうっすらとピンクのマニキュアがほどこされているだけの手だった。彼の指は関節の太さがはっきりと際立つ指だったが、るりの指は付け根のところがもっとも太く、ぷっくりとふくらんだ肉がゆるやかに関節につながっていた。

るりはなにかの話をはじめていた。彼は自分がそれを聞き、相づちを打ち、ときどき笑い、自分の笑い声が少々大き過ぎたのを、他人の声を聞くように聞き、他人のちょっとしたマナー違反に対するようにむっとした。そうしているあいだにもコーヒーはどんどん冷めてゆき、るりの手指もコーヒーとわずかな温度を奪い合い、転がり落ちるようにしてますます冷たくなっていった。

そもそも最初からこうだったじゃないか、と彼は思う。はじめて会ったときはちがったかもしれない、いや、絶対にちがった。でも、ふつうよりじゅうぶんに親しくなるころには、すでにるりの右耳にはあの変なイヤリングがくっついていて、それを承知しつつ自分はるりの冷え切った手をとったのだ。でも、それにしても。

イヤリングは、ほどなくして右耳だけではなくなった。また、耳たぶだけでもなくなっていた。

「見て見て、買っちゃった。こういうの、なんて言ったらいいかな、えっとイヤーカフ?」耳介《じかい》の優美なラインをごつごつする鉄のかたまりで隠して、るりははにかんだ。

「重くない?」と彼は尋ねた。

「見た目より重くないんだよ。買ってから毎日つけてるけど気になんない。毎日っていうか、ずっと。材質的に、お風呂もオッケーなんだよ」

「会社にもそれつけて行ってるの?」

「え、もちろんつけて行ってるけどなんで？」

「なんでって」彼は言葉を選んだ。「ちょっと個性的かなと思って」

「え、だってうちの会社、服装自由だよ？」るりはわずかに小首をかしげた。「それに、まあたしかに、ちょっと変わってるかもしれないけど、こんなの個性的のうちに入る？　うちの会社、もっと個性的な人いっぱいいるよ！　そうそう聞いてよ、このあいだもねえ、先輩の川本さんって人が……」

すでに肌寒さは遠のいていたが、るりの手は少し冷たかった。ことに指が冷たく、さきほどるりはそれについて愚痴を言ったばかりだった。

「だいたいいつもこう」とるりは言った。「こういうの、末端冷え症っていうんだよ、知ってた？」

かわいそうな指をあたためてやろうという気概をもって、彼はその手をしっかりと握りしめていた。

るりはしんなりとした素材のベージュのブラウスと、やはりしんなりとした素材の真っ白なプリーツスカートを穿いていた。パンプスだけが濃い色をしていて、彼には紺色に見えた。また、るりは顔まわりの顎までの長さの髪を頰のカーブに沿って垂らし、残りの長い髪はうしろの低い位置でひとまとめにして鼈甲《べっこう》の柄のバレッタで留め、両の耳を大胆に出していた。しかしその耳は、輪郭部分を完全に鉄で覆われた、鈍くぎらつく耳だった。耳の穴とその周辺のいくつかの起伏だけが、彼の見たいるりの本来の耳だった。

耳だけが、明らかにるりにそぐわなかった。

るりがつけているイヤリングだかイヤーカフだかの鉄くずは、るりが着ているような服を着てるりがしているような髪型をする女の子にはふさわしくない。彼の会社だって、るりの会社と同様に服装規定はなかった。男性社員にはときどきはスーツを着たほういい場合があったが、女性社員にはなく、みんな好き勝手なかっこうをしていて、好き勝手なかっこうというのはだいたいるりのようなかっこうだった。そうだったはずだ、たぶん、と彼は思う。そして、そういう女の子たちがつけているピアスやイヤリングは、少なくともこういうものではなかったはずだ。これでないならなんでもいいのに、と彼は思った。模造パールのピアス、あれはよかった。模造パールでなくてもいい、とにかく、もっと控えめでかわいらしいものであれば。世の中にはそんなものいくらでもあるし、そういうものの方がふつうじゃないか。

るりはほがらかに話し続けていた。彼はうなずきながら、彼女を傷つけることなく自分の見解を伝えるにはどのような言い方をしたらいいかを考えていた。考えは、なかなかまとまらなかった。支配的な口調だけは避けないといけない。怖がらせたり、怒らせたりしたいわけではない。強制するつもりもない。彼女がみずから、彼のために、彼に好かれたい一心で行動するのでなければ意味がない。要は、話し方だ。なるべくやわらかい口調で、不機嫌さは微塵《みじん》も見せず冗談めかして、そうでありながら真剣さが伝わるように……そのとき、るりが「ドレス」と言った。不意を突かれ、彼は思わずるりの手を握り直した。握り直してみると、あたたまりつつあるるりの指に、まだぞっとするほど冷たい部分があるのがわかった。

るりはこう言っていた。

「ドレスね、すごく小さいの」

「そうか」

「ほんとうに小さいのドレス、私、電車に二時間も乗ってやっと行ったのに、ちゃんと前の日にホームページに載ってた地図も印刷してきて、どう見てもそのあたりまで来てるはずなのに、もしかしたらドレス見つけられないいんじゃないかと思ったら泣きそうになっちゃって、だんだん暗くなってくるし、あっそうだ家に帰ろうとしたら家のあるはずの場所がぽっかり空き地になってて途方に暮れるっていう夢見たことない？　私は子どものころよく見たなあ、本当によく見たんだよ、まるで久しぶりにあの夢を見たみたいだった、だってねドレス、作家さんがたった一人でやってるからドレス、不定休で、っていうよりドレス開けてる日のほうが少ないくらいで、いつオープンしてるかホームページにちょろって書いてあるだけなんだよ、それがねドレス、土日ぜんぜん開いてないの、だから私わざわざ無理して有休とってさ、行ったのに、そりゃもっと朝早くから出ればよかったんだけどさ、ちょっと油断して溜まってた用事とか済ませて……ってしてたら遅くなっちゃって、でも二時間も電車に乗ってドレス、たどりつけなかったらどうしようって半泣きになって、ってこれさっきも言ったね、ごめん」

るりはひとりで楽しそうに笑った。肩もこめかみも揺れたが、彼が握っている指は震えなかった。

「で、え？　ドレス？　ドレスって？　ドレスを買うの？　ワンピースじゃなくて？」

彼がさえぎると、るりはぴたりと笑い止んで彼をにらんだ。本気でにらみつけたのではなくて、わざとにらむふりをしただけだった。目が合い、彼は自然と笑顔になった。彼女は言った。

「ちょっと、話聞いてなかったでしょ。ドレスはブランドの名前だよ、これの」耳の鉄をつやつやした爪でこつこつつつく。

とたんに、自分の顔がこわばるのがわかった。

「ああそうだった、ごめん」彼はうつろにつぶやいた。「話、聞いてたよ」

「じゃあ言って。私が今話してたこと、なんだったか言ってみて」るりがにやりとした。

しかし、彼はほんとうに聞いていた。宙に視線をさまよわせながら「えーと」とはずみをつけると、ややたどたどしいものの情報が次々と出て来た。るりがドレスを知ったのは、るりがいつも楽しみに見ていた、ぜんぜん知らない人のブログだということ。そのブログのいいところは、自撮りがいっさいなくて、ただひたすら生活雑貨やアクセサリーなどのかわいいものがとてもきれいに撮られているところだということ。そのブログに貼ってあったリンクからドレスのホームページに行き着いたこと。そのホームページにはウェブショップが開設されているが、品数はごく少なく、すべてに sold out の文字が出ていたこと。そのときはそのままにしてしまったが、数日後の夜中にどうしてももう一度見たくなって、ベッドから這いずり下りてまでパソコンを立ち上げたこと。すると、リンクを貼っていたブログが閉じられていて、もはやドレスへの道は絶たれたかに思われたが、履歴をたどってやっとの思いでドレスを探し当てたこと。震える指でブックマークしたこと。しかしドレスのウェブショップは滅多に更新されないのだと思い知ったこと。だからるりがイヤリングをひとつ買えたのは奇跡だった。

「えーと、で、その後現在に至るまで更新は途絶えていて、それで、ついにがまんできなくなった」

るりは、うん、うん、と項目にチェックしていくようにうなずき、最後に「えーすごいー」と声を上げた。

「でも惜しい。ドレスのサイトが、検索では出てこないってこと言うの忘れてる。そう、だからドレスは、ほんとにほんとにまだ一部のファンにしか知られてない、隠れ家的なショップなんだよね」

それからるりはさりげなく、すうっと息を吸った。彼は悟った。るりの話は終わったわけではないのだ。むしろ、これからが本番なのだ。


コピー機のカバーやトレイを開けられるだけすべて開け、引っ張り出し、内部の機構の露出した真ん前にしゃがみ込んでいると、ベージュのハイヒールと花柄のスカートがあらわれた。同僚だった。

「あれ、どうしたの？　あっまた紙詰まり？」

彼は膝に手をついて立ち上がり、トナーで黒く汚れた指先と、コピー機の中からやっとのことで引っ張り出すことができた、ぐちゃぐちゃになったA4用紙を同僚に見せた。

「でも、中で紙がちぎれてしまって」彼はその用紙の、角がひとつ無惨に裂けて失われているのを示した。

同僚は舌打ちをして、コピー機の上に持っていたファイルを投げ出した。

「なんでだろうねえ、業者の人にメンテナンスに来てもらったばっかりなのに」

同僚は真っ黒のカーディガンの袖を肘まで腕まくりした。それから思い直してボタンを素早く外し、カーディガンを脱ぐと、ファイルの上に投げ出した。それは毎日同僚が着ているカーディガンで、仕事が終わると彼女はいつもそれを自分の椅子の背もたれに引っ掛けて帰り、翌日、また袖を通すのだった。コピー機の蓋の上に乱暴に置かれたそれには、部分部分に細かな毛玉が鳥肌みたいに立っていた。カーディガンを脱いだので、同僚がノースリーブのワンピースを着ていたことがわかった。彼の胸の高さで、同僚の二の腕が、つとひとまわり細くなった。体の側面に押しつけられて肉がつぶれ広がっていたのが、脇を開いて離れたせいだ。彼は、るりのそこの肉のやわらかさを思い出した。

「どいて」と同僚は言い、彼は一歩下がった。彼女は、左手で右手の指から抜き取ったものをたんと音をさせてカーディガンの前に置いた。

同僚が中腰になり、彼のものより小さく平べったい手をコピー機の複雑な内臓へと差し入れているあいだ、彼は同僚が置いたものをじっと見ていた。鉄をがたがたに貼り合わせたような、いびつな円筒形の物体を。

彼とそれを、同僚の体が隔てていた。その物体は、その小ささにもかかわらず、カーディガンの黒を背景にしてくっきりと浮かび上がり、今にも飛んできて彼の眼球に食い込まんばかりだった。

なんなんだろう、と彼は思った。今このときも、ここから何駅も隔てた通販会社のオフィスで、るりは耳を鉄くずで固めて働いているだろう、でもあれはいったいなんなんだろう。彼女とは、大学時代の友人の紹介で知り合った。正確には、大学時代の友人の彼女の友人だ。るりを一目見て、自分にふさわしいと思った。一目惚れしたとか、そういうことではなかった。自分の容姿や職業の客観的かつ社会的なランキングのようなものがあるとしたら、それはきっと彼女の、女としての客観的かつ社会的なランキングと釣り合うだろう、ということだった。

彼には、るりをさげすんでいるつもりはなかった。それどころか、るりは上出来だった。るりと出会えたことを心から喜んでいた。るりとのつきあいを深め、るりを知っていくにつれて、彼の喜びは増していった。るりへの気持ちは、彼女が彼の期待を裏切ったときでさえ、苦い喜びに変わった。なぜならその失望はだいたいが想定内かそうでなくとも想定すべき範囲のものであり、自分と彼女、それぞれに対して自分が下した社会的客観的評価に見合っていたからだ。彼の期待をいっさい裏切らず、まったく失望させることのない女など、彼には分不相応なのだ。和食をつくるのが苦手なくせにいっこうに改善しようとせず、洋食のかんたんな料理ばかりに逃げているのも、勤め先の同僚や上司の悪口を少々言い過ぎるのも、ペーパードライバーなのも、目を大きく見せるためのアイメイクがやや濃過ぎるのも、そんなふうに努力しなければ目がぱっちりしないのも、お尻の皮膚が思ったよりざらざらしていてたるんでいるのも、彼は苦笑しつつ寛容に受け止めることができた。るりは、自分程度の人間に好意を持ってくれる女としては、最上級の部類だった。この先るり以上の女に好意を持たれるとはとても思えなかったし、るり以下の女には、彼のほうで好意を持つことを想像できなかった。

るりにとってもこれは悪くない展開のはずだった。彼の考えでは、るり程度の女にとって、自分以上の男は高望みというものだった。自分にとってのるりと同じように、るりにとっての自分は、望みうる限りでもっともましな男であるはずだ。

すべては日常生活で養われた常識と直感による身勝手な判断だったが、彼は自分がまちがっているかもしれないとは夢にも思わなかった。そういう意味では、彼は自信家だった。また、彼は自分を打算的だともまったく思っていなかった。なんといっても彼は、るりを大切にしたい、という気持ちがこみ上げるのを抑えることができないでいるのだ。彼女は寝るときでさえ耳から鉄くずを外さないというのに。

たったひとつ、るりの耳の鉄くずだけが、彼を戸惑わせていた。たしかにあれは、彼の期待を裏切った。しかし、それによってもたらされたのは失望ではなかった。失望に至る以前の、もっと別の反射的な反応で、戸惑っているというのがもっとも近い言葉のように思われた。そのような事態は想定外だった。突拍子もなかった。あれはかわいくもなんともなかったし、きれいでもなかった。るりに似合っていなかった。いや、そもそも、似合っているのか似合っていないのかもわからなかった。あれがアクセサリーであることを、彼はまだ承服しかねてすらいた。彼はあれがなんなのか理解できなかった。あれは、似合うとか似合わないといった概念とはなんの関係もない物質だ、それだけは断言できる。

「はい、取れた」いきなり目の前に、ひどい折りじわのついた細長い三角形の紙片が突き出された。同僚だった。「はい」同僚は、ずいとそれをさらに突きつけてきた。

彼はその紙片をつまんで受け取った。なんとなく折れているのを伸ばすと、印刷された文字がぱっと割れて文字ではなくなった。かつては文字だった残骸と残骸のあいだに、汚れひとつない紙の白が、無垢に清らかに拓《ひら》けていた。折れ目のとおりに折り直すと、清らかな地平は失われ、残骸はまた文字に還って音と意味を持った。彼はもとのぐちゃぐちゃになっていたA4用紙の角の破れ目に、その紙片を合わせてみた。ぴったりだった。コピー機内に取り残しがないことがわかれば、もう用はなかった。彼はA4用紙をあらためてぐちゃぐちゃにし直し、紙片とともにコピー機脇のくずかごに捨てた。

同僚は、新しいA4用紙を給紙トレイから盗み、中指と人差し指の汚れをなすりつけているところだった。その作業をそこそこのところで切り上げ、彼女はまだ汚れの残る中指にそっと鉄の円筒形をはめた。その円筒形は、中指の付け根からほとんど第二関節にまで届いた。

「それ、指輪なのか」彼は驚いて声を上げた。

「指輪じゃなかったらなんだと思ったの」同僚は笑いながらがん、がん、と音を立ててコピー機のカバーやトレーを閉めていった。最後に、カーディガンを着てきっちり上までボタンを閉めた。

「でもそれって、ドレスのだよな？」

今度は、同僚が驚く番だった。

「えっなんでドレス知ってんの？　これが指輪だってこともわからないような人が」

「おれの彼女もそこのアクセサリーを持ってる」

「えっ」同僚の顔が興奮に輝いた。「わあ私、彼女さんと気が合いそう。ドレスいいよね、すごく好き」

そうか、いいのか、と彼は思った。

彼は結局、るりにそれと縁を切るようすすめることはできないでいた。何度も試みたが、どうしても言い出すことができないのだった。服を脱ぎ、下着も取り去った彼女に、今、一時的にだけでも外してくれないか、と彼は言いたかった。でも言えなかった。その代わりに、次の休みの日はドレスに行くから会えない、前に話したでしょう、次回の訪問日の予約をしたって、それがその日なんだよとさみしげに言ったるりに、「おれもいっしょに行くよ、行っていい？」と彼は言った。

　るりは栗鼠《りす》みたいな顔で彼を見た。

「それほんと？　うそ、うれしい」

「そうだるり、来月誕生日だよな？　プレゼントするから、そこで好きなの選べばいいよ」

「えー、いらない」打って変わって、るりはきっぱりと言った。「ドレスのアクセは自分で買うから」

　それだったら、つきあいはじめて最初の誕生日には、何をプレゼントしたらいいのだろう？　るりの前につきあった彼女にあげたのは、たしかブランド物のキーケースだった。それだったら、今回は財布だろうか？　彼は、目の前にいる同僚に意見を求めようかどうか迷った。でもそれを尋ねる代わりに、彼はこう言った。

「おれ今度、彼女とドレスに行くよ」

「えー!!」同僚は仰《の》け反《ぞ》って大声をあげた。「いいな、私行ったことない！　え、でも島田くんいつ行くの？　土日は休みでしょドレス」

「それが、彼女のために開けてくれるんだって。なんか、オーダーをするとかで、カウンセリングをするって」

「えー!!」同僚はさらに大声をあげた。「オーダー!?　それ聞いたことある、たまにやってくれることがあるって！　えっ、えっ、なんでなんで？　彼女さん、どうやってオーダー取り付けたの？　ドレスさん、どんな人？　きっとすてきな人なんだろうなあ」

彼は唾を飲み込んだ。ドレス唯一のアクセサリー作家であり、店主でもある人物を、るりもさも当然のように「ドレスさん」と呼んだ。

「ああ、まあ彼女はなんかすごいすてきな人だって言ってたけど……」

「やっぱそうだよね！　もっと詳しく教えてよ」

「えー、あとは、うーん憧れるとかあんなふうになりたいとか……」

「そうじゃなくて、具体的に！」

「えーと……」

彼はドレスさんについて際限なく語るるりの鋭く素早く無駄のない息継ぎを思い出し、気が遠くなった。少し時間が経った今となっては、彼はもはや詳細についてはおぼえていなかった。白いシャツがすごく良く似合っていて、というのだけかろうじて記憶に残っていた。白いシャツ。たった一人で小さな小さな店を持ち、ひっそりとマイペースにアクセサリーをつくっている女と、白シャツ。彼はすんなりと納得した。

きっと細くて小柄で、真っ黒な髪をした、化粧っ気のない、子どもにでも老女にでも見えるようなタイプの人なんだろう。女の子はどういうわけかそういう人に憧れがちだ。多少うんざりするものの、そんなことはどうでもいい。彼をあきれさせたのは、るりのおしゃべりの異様な熱量だった。まったくものすごかった。嵐のようにしゃべるるりを思い出すたびに彼は、それとはうらはらに握りしめた指には握り直すたびに新たに冷たい箇所があり、どんなにつなぎ直しても決してあたたまり切ることがなかったこともいっしょに思い出した。それは彼が想定している失望のうちのごくごく軽いもののひとつで、幸福と言い換えてもよかった。

ドレスは、すぐに見つかった。

「わかりづらいよわかりづらいよ、前回行けたのは奇跡だった、もう行けないかも」電車の中で繰り返し不安がるるりから、彼は丁寧に四つに折られたA４用紙を預かった。ドレスへの地図だった。地図はごくシンプルだった。彼は落ち着き払って答えた。

「そうかな、かんたんそうだけど」

「その地図はね、ものすごく省略してあるんだよ」るりが悲痛な声を出した。「全部は書いてないんだよ」

「まあでも、地図ってそういうものだし」

ふたりは改札口のひとつしかない駅に降り立ち、たった一店舗もシャッターの開いていない短く暗いアーケードの商店街を通り過ぎ、古い家々の合間合間に、見るからに塗り直されたばかりのべったりした白のアパートや打ちっ放しのつるりとしたコンクリート外壁でできた新築一軒家の目立つ住宅街を歩いた。るりは、「前はさんざん歩いて足が痛くなっちゃったから」とジーンズにスニーカー姿で、折りたたみ式の日傘を差していた。肘に引っ掛けたかごバッグからは、ペットボトルの蓋がはみ出していた。髪は毛先を軽くコテで巻いただけで、鉄の耳は隠れがちだった。

「このあたりだろ」彼が立ち止まった。そう言いながら、彼はもう、ここしかない、という見当をつけて開け放された小さな戸口を見ていた。開け放されたというより、戸口にドアは取り付けられてはいなかった。その戸口は、蔦に埋め尽くされた壁に空いた長方形の真っ暗な穴だった。おまけに蔦は、完全に枯れきって打ち捨てられた鉄の色をしていた。看板もなにもなかった。

るりはまた栗鼠みたいな顔をした。

「あった」

るりは早足で戸口に飛び込んだ。

中は、彼が身構えたほど暗くはなかった。壁は紫がかった灰色で、天井は高く、真上はガラス天井で日光が降り注いでいる。しかし、とにかく狭かった。るりと彼が真ん中に立ってそれぞれぐるりと壁を見回すと、もう店はそれでおしまいだった。BGMは流されておらず、かん、かん、と規則正しい小さな音が響いていた。それは、彼がたった今くぐってきたばかりの戸口の真正面の壁にある、戸口そっくりの真っ黒な穴から響いてきているようだった。

「奥は工房なんだって」とるりがささやいた。

彼はガラス天井を見上げた。深く掘られた落とし穴のような店だった。

壁のところどころに、かまぼこ板ほどのサイズの板が嵌め込んであった。近づいてよく見ると、それは棚なのだった。それらの棚に、醜くねじくれた鉄くずがぽつぽつと置いてあった。まがいもなくドレスのアクセサリーだった。

るりが感嘆のため息をついた。そばに寄ると、るりが悪魔の入れ歯みたいにぎざぎざしたものをつまみ上げている。大きさと、一応輪っかになっているその形状から、彼はブレスレットであると推察した。

「それ欲しいの?」彼は小声で尋ねた。条件反射的に値札を探したが、どこにもなかった。

彼女はそれを左の手首にそっと嵌めた。

「どうかな」うっとりと彼女が言った。

「ぎざぎざしてるね」と彼は言った。

「最高」彼女は満足げに返事をした。

彼はふと、かん、かん、という音が止んでいることに気がついて工房の入り口を振り返った。

入り口いっぱいに、白シャツの袖を肘までまくりあげた大女が立っていた。

「ドレスさん！」るりが嬉しげに叫び、それからあわててブレスレットを外して元の棚に戻した。ドレスさんは、それをにこにこと見守っていた。

るりの言ったとおり、たしかに白シャツだ。しかし、これは……。彼は驚いた顔をしないよう必死にとりつくろいながら、じろじろと大女を眺めた。

ドレスさんが彼に会釈し、「彼氏さん？」とるりに尋ねた。

「そうです」るりが言った。

彼は「あ、どうも」と笑みをつくって会釈を返した。

「今日はこんな辺鄙《へんぴ》なところまで来てくださってありがとうございます、でもすみません、どうしよう、カウンセリングは奥の工房にるりちゃんだけ入ってもらって、一対一でさせていただくかたちになっているんです。彼氏さんには小一時間ほどお待ちいただくことになっちゃうんですが……」

るりが少し心配そうに彼の顔を振り返った。

「あ、だいじょうぶです、あの、お構いなく」

「そうですか？　すみませんこんな狭い店で」大女は丸めた背を向け、工房の暗闇の奥から片手で丸椅子を引っ張り出した。軽々と彼の前に置く。

「せめてお掛けになってくださいね」

「あ、すみません、あ、すみません」

彼は気圧《けお》されて座った。座って見上げると、ドレスさんはますます大きかった。ドレスさんの頭は五分刈りに刈り上げられていた。ドレスさんの眉は濃く豊かで、美しくカーブしていた。彼の脳裏に、ドレスさんは眉を描く必要がなくてうらやましい、あれは持って生まれた財産と言っていい、とるりが興奮して語っていたのが、うっすらとよみがえった。さっき間近に迫ったドレスさんの二の腕は、あまりの筋肉の盛り上がりぶりにシャツがぴったりと張り付いているばかりか、生地に引きちぎれんばかりの横じわがいくつも入っていた。彼よりも確実に太い二の腕だった。ドレスさんのベージュのカーゴパンツには、いくつもの焼け焦げの跡があった。

「じゃ、るりちゃん」

「はい」るりが緊張気味に返事をするのが聞こえた。

彼がはっとそちらを見ると、大きくごつごつした手がるりの総レースのトップスの背をそっと押しやるところだった。るりは工房の暗闇に消え、ドレスさんもちょっと振り返ってあらためてにっこりと会釈してから消えた。

残された彼は、店の中心になすすべもなく座りながら、同僚にどう言おうかと悩んだ。同僚は、ドレスさんに会ったらすぐにメールでどんな人なのか知らせてくれとせがんでいた。彼は安請け合いし、ドレスを訪れるだいたいの時間まで教えてしまっていた。きっと彼からのメールを待っているだろう。

彼は、正直にありのままを伝えることにした。メールを打ちながら、同僚に、るりがドレスさんに憧れ、あんな女性になりたいと熱望していると言ったことを後悔した。きっと同僚はるりを、変わった人だね、と言うだろう。へえ、面白いね、と。

ちがうんだ、と彼は思った。るりは変わってなんかいない、かわいい、ふつうの子なんだ。

工房から、るりとドレスさんの話し声がしていた。何を言っているかはわからなかったが、彼女らが途切れなく、とめどなく話していることはわかった。

返信が来た。それを開いて、彼は目を疑った。

〈ありがとう、想像してたとおりだー！　ああ私も会いたい。私も島田くんの彼女さんみたいに有休とろうかなあ。でも有休とってドレスさんに行ったことがバレたら、うちの会社のドレスさんフリークの子たちにずるいって言われちゃいそう（笑）〉

想像していたとおり？　あれが？

それに、うちの会社のドレスさんフリークの子たち？　一部のファンにしか知られていない、隠れ家的なショップなんじゃないのか、と彼は思った。どうなってるんだ。

心のうちで毒づきながら、彼はほっとしていた。わけがわからないが、とにかくるりを変に思われないで済んだ。それに、るりが誇らしげに告げたほどドレスがマイナーなアクセサリーでないというのは、彼には朗報だった。流行り物を愛することは、愛すべき平凡なおこないであり、るりのような客観的社会的ランクの女の子に似つかわしい営為であった。彼はるりをますますいとおしく思った。

いい、もうわかった、と彼は決めた。おれには良さがさっぱりわからないが、最近の女の子たちはこういうテイストのアクセサリーも好きなんだ。これが新しいふつうとかかわいいってやつなんだ。

カウンセリングを終えたるりがまたドレスさんにそっと背を押されて出て来たとき、彼は立ち上がり、ぼーっとしているるりをドレスさんから受け取るようにその冷えた手をとった。

「張り切ってつくりますからね、待っててくださいね」るりのうしろにそびえ立つドレスさんが快活に言った。

「るり、あれ、買わなくていいのか」彼は小声でささやき、悪魔の入れ歯みたいなブレスレットに目をやった。

「いいの」るりはぼんやりとつぶやいた。「今日は無理。っていうかしばらく無理。フルオーダーしたから節約しないと……」

「じゃあさ、この前も言ったけど、買ってやるよ。誕生日プレゼントに」

するとるりの目の焦点がカチッと合って、背がしゃんと伸びた。

「いらない。この前も言ったけど、誕生日プレゼントには別のものをちょうだい」

「では、オーダーのお品、しばらくお待ちくださいね。できあがったらご連絡しますね。またいつでも、よかったら彼氏さんもご一緒に遊びに来てくださいね」

取りなすようにドレスさんの筋肉質の体がふたりを戸口に追いやった。彼の目に、外の住宅街の光景が白飛びして映った。

外に出てしまってから振り返ると、戸口のてっぺんに頭をつかえさせたドレスさんが仁王立ちになり、引き締まった逆三角形の上半身で手を振っていた。節くれだったたくましい五本の指がぴんと伸び、扇状にそれぞれ同じ角度に広げられた見事な手だった。

彼は、誕生日プレゼントにはるりの指定したコーヒーのサーバーとドリッパーを贈った。

「家でカフェみたいにゆっくりコーヒーを飲みたいなって思って」とるりは言った。「毎朝ちょっとだけ早起きして、自分でドリップしたコーヒーを飲んでから出勤できたらいいなって」

社内のドレスフリークの女性社員を、彼は何人か見つけた。ドレスのアクセサリーは奇異で目立つのに、どうして今まで気がつかなかったのか彼には自分がわからなかった。ミニスカートで脚立に上って、窓のブラインドの上のほうのよじれを長いことかかって丹念に直している子の手首には、悪魔の入れ歯みたいじゃない、熱に溶けて不吉に泡立ったような形状のブレスレットがあった。仕入先に電話している子の髪は、銃撃で蜂の巣にされた壁のミニチュアみたいなバレッタでひとまとめになっていた。メガネのつるに有刺鉄線にしか見えないチェーンを通して首から引っ掛けている子もいたし、耳の穴から耳たぶにかけてどろどろと溶岩を垂れ流している形状のイヤリング（あるいはピアス）をつけている子を見つけたときには、るりのイヤリングとイヤーカフの趣味のよさに感謝したくなったくらいだった。

同僚は、黒い毛玉だらけのカーディガンの胸元を引っ張り、そこに取り付けられたこぶし大の鉄の塊を彼に示して「ででーん」と妙な効果音を口で言った。それは、位置といい大きさといい形といい心臓に似ていた。

「買っちゃった。まだお店行けてないけど。オンラインだけど。最近、前に比べたらちょこっとだけ更新が増えたんだよね。でもそのぶんファンも増えて有名になってきたから、油断はできない。これ、ラスト1個だった。危なかった」

「有名になってきた?」

「うん、まあ、前に比べて、だけどね」

同僚の言うとおりだった。通勤電車で、彼のつかまっている吊り革の真ん前に座っているベージュのスーツを着た女性が、左手の薬指を根元から指先まですっぽりと鉄で覆っていた。荒々しい松の幹のようなその鉄の指輪は、第一関節と第二関節の位置にうろこ状の鉄片が組み合わさって可動式になっており、女性は平然と何不自由なく手を使って、膝に載せたバッグからティッシュを出し、洟《はな》をかんだ。るりと入ったカフェで、笑顔で話するりの真後ろに座っているショートカットの女の子が、首に鉄のエリザベスカラーを巻いていた。会社の飲み会で座敷に通されると、ついたてひとつで仕切られた隣の宴席で、彼より少し若いくらいのチャコールグレーのニットワンピースの女の子が、顔を赤くしてふらふらとトイレに立った。彼女の辛子色のタイツを履いた足首は、錆びついた囚人の枷《かせ》かと思うようなアンクレットで飾られていた。

るりの耳など、もはや彼にとっては見慣れたものだった。だから、「ああ、あとちょっとでこれともしばらくお別れかあ」と彼女が耳の鉄くずをいじくりながら言ったときには、ちょっとびっくりしてしまった。

「え？　なんで？　それお気に入りなんじゃないの？」

「もちろんそうだよ！　でもほら、あのね、オーダーしてたアクセができあがったって、連絡があったの」るりは悲しげだった。

「なんだよ、楽しみにしてたんじゃないの？」

「そうなんだけどさ、でも新しいのが届いたら、絶対そっちばっかりつけちゃう！　この子たちと重ね付けはできないんだよう。こんなにずっといっしょだったのにごめんね……」

　この子たちというのは耳のイヤリングとイヤーカフのことで、最後の謝罪はそのイヤリングとイヤーカフに対してなされたものだった。

「あっそうそう！」るりは表情を明るくした。「オーダー品に合わせてコート買っちゃった。節約しなきゃなのに、あっこれ絶対オーダーのアクセにぴったり！　っていうの見つけちゃって……」でもちゃんと貯金もしてるんだよ、と彼女は濃いラインを引いた目で彼の目を覗きこんだ。「でね、そのコートだけど、サイズがなくて今、お取り寄せ中なんだ。来週末までには間に合うようにお店に届くみたいだから……」

　るりが何を言わんとしているのか、彼はすぐに察した。

　来週末、彼とるりを引き合わせてくれた大学時代の友人とその彼女と、久しぶりに四人で会って飲むことになっていた。友人とその彼女が、結婚を決めたのだ。それを祝う飲み会だった。

「待ち合わせって六時だったよね？　コートのお店、近いから、受け取って着て行くね！　そのときオーダーのアクセもつけて行くから楽しみにしてて！」

「でもその店まで着て行ったコートはどうするんだよ？」

「そんなのそのお店からうちに発送してもらっちゃえばいいよ、新しいコートはほら、配達の人が来るタイミングが悪くて受け取り損ねたらいやだから」

別れ際、るりは両手で両耳を軽くぱたぱたさせ、裏声で「さよなら、もう会えないね」と言った。鉄のイヤリングとイヤーカフの気持ちを代弁しているのだった。

週末が来た。彼は待ち合わせ場所にいちばんに来て立っていた。そこは繁華街のファッションビル前で、彼のように待ち合わせる人々でごった返していた。その人波をかき分けて、友人カップルがあらわれた。友人は後ろ手に婚約者の手を引き、どこかから逃げ出してきたみたいに小走りになって、しかし満面の笑みで彼のところにやってきた。挨拶をかわしながら、彼は無意識のうちに友人の婚約者の客観的社会的ランクを査定し直していた。彼女の顔、髪型、身なり。好みによるけど、と彼は思った。おれにはるりのほうがかわいい。でも、るりとこの婚約者はやっぱり同じランクだな、と冷静に彼は判断した。そしてそれは友人とも釣り合っていたし、ということはつまり友人のランクもまた会わなかった期間に跳ね上がることもなく、大学時代と変わらず彼と釣り合っている、ということだった。

友人は、婚約者の手をまだ握りしめたままだった。挨拶の応酬が途切れると、友人はそのまま婚約者の手を彼の目の前まで持ってきて、ぱっと手を開いた。

「ほら」

「ちょっと、もう」友人の婚約者が、恥ずかしそうに体を軽く揺らした。

友人の婚約者の薬指には、ほっそりした銀色の輪っかがはまっていた。輪っかは少しくねっており、そのくねったくぼみにダイヤがひとつ光っていた。

「婚約指輪?」

「そう」自慢げに友人は言った。

「もういいってば、ごめんね島田くん」友人の婚約者がするりと手を抜いた。

「なんだよ」友人がふざけた調子でまた彼女の手を取ろうとするのを、友人の婚約者もふざけた調子で避けた。「なんだよ、手が冷たいからあったためてやろうと思ったのに」

るりはまだだろうか、と彼は思った。るりの手もきっと冷たい、るりの手をあたためてやらなければ。

「あっ」友人の婚約者が両手を上げて振りはじめた。「るりだ、るり! るり!」

彼は振り返ったが、るりの姿はなかった。いや、片手を上げてこっちに向かって来る者があった。雑踏の中で頭ひとつ分背の高い、しかしそれはるりではなかった。彼には、それは西洋の甲冑《かっちゅう》に見えた。それも飾り物ではない、いくたびものほんものの戦闘で使い込まれた、傷だらけの甲冑だ。その甲冑が、真っ赤なダッフルコートを羽織ってこちらにやって来る。

「るりー!」友人の婚約者が喜びの叫びをあげ、ハイヒールをものともせずにアスファルトを蹴った。「るり! るり! 久しぶり!」

彼の耳に、鉄の触れ合うがしゃん、がしゃん、という音がだんだん大きく聞こえ出し、ついに甲冑は友人の婚約者をしっかりと抱きとめた。

「るり! 会いたかった!」

「りょーちん!」甲冑が叫んだ。「私も会いたかった!」

多少くぐもってはいるものの、まちがいなくるりの声だった。近くに来ると、甲冑は実に大きかった。彼のるりはハイヒールを履いていても彼より背が低かったのに、このるりは見上げなくてはならなかった。ダッフルコートの前は、開け放されていた。彼は硬く威厳のある鉄の胸を見、風格をたたえた鉄の太腿を見、何者をも踏み潰す野蛮な鉄の足を見た。

「おい、お前の彼女」友人が彼の後ろから小声で言った。「ちょっとファッションのテイスト、変わったな」

「まあな」彼は動揺を押し隠して低い声で言った。「るりはけっこうおしゃれなんだよ」

彼は素早く周りを見回した。甲冑がどのように見られているかが気になったのだ。甲冑は、多少は注目を浴びていた。振り返って首を伸ばし、こちらを見ている者もちらほらいた。しかし、大部分は無関心にざわめいていた。こちらを見ている者たちの表情から、彼らは甲冑を気にしているというよりは、甲冑と友人の婚約者が騒いでいるのに注意を引かれただけのようだとわかった。彼はほっとした。

「るり、なにこれ、すっごいかわいいんだけど！」友人の婚約者は背伸びをして腕を延べ、るりの鉄のフルフェイスの兜をべたべた触っていた。「えっ、もしかしてこれも全部、全身おんなじところのアクセ？」今度はのどから鎖骨あたりまでを覆う部位に手をやっている。

「そうだよ、おんなじとこのだよーあとでゆっくり教えるね」と言って、るりは彼女の手をとった。彼の目の前で、鉄の籠手《こて》に覆われたるりの手が、血の気の失われた友人の婚約者の生身の手に絡んだ。

「あーっ、りょーちん！　これ婚約指輪じゃない⁉」

「えへへ、そうでーす」

「おめでとう！」

「ありがとう！　っていうかるり！　このコートもかわいい！」

「ほんと？　ダッフルだしちょっと子どもっぽいかなーって迷ったんだけど」

「ううん、だいじょうぶ、ほらこれちょっとウエストんとこくびれてるじゃない？　それで大人っぽく見えるんだよ、すごくかわいい！　しかもそのアクセによく似合ってる、なんだろう、色合いがいいのかな」

「うわあ、うれしい」鉄の籠手が兜の頬を覆った。「私もそうだと思って買ったんだ！　実はショップの店員さんたちもりょーちんとおんなじこと言って褒めてくれて、しかもそのアクセどこのですか、めちゃくちゃきれい、って涙まで浮かべてくれて……」

「ほら、あんまり騒がないで」彼は割って入った。「移動して、飲み屋でゆっくりしゃべればいいよ」

「行くよ」友人はもう予約してある店の方向へ体を向けていた。友人の婚約者はるりと何言かかわすと、彼の横を会釈しながらすり抜けて友人の隣におさまった。

そのふたりのうしろを、彼と甲冑も並んでついて行く。

「で、どうかな」がしゃん、がしゃんという足音の合間から、幸福に満ちた声で甲冑がささやいた。

「うん、すごい」彼は甲冑を見上げた。

「いいでしょ」

「寒くない？」彼は不敵に底光りする胸や腹を見やって尋ねた。

「これ、閉まらないんだよね、サイズ的に」甲冑はダッフルコートのトグルをいじった。「でも平気、ありがとう」

ふと暗くなって横を見ると、甲冑が頭を下げて兜の口許を彼の耳に寄せようとしているところだった。

「あのね」甲冑がはにかんでいるのが彼にはわかった。「これね、股のところがスライドして開くようになってるの。あとで見せるね。ふたりきりになったらね」

彼はたまらなくなってるりの手をとった。

「うわっ」鉄の籠手のあまりの冷たさに、彼は小さく叫んだ。「なんだこれ、冷え切ってるじゃないか！　かわいそうに」

「そう？」甲冑はきょとんとして言った。「ぜんぜん平気だけど。ぽかぽかしてるよ。ねえ、前の二人が振り返ったら、手つないでるとこ見られちゃうよ」

しかし、彼は冷たい籠手を放さなかった。鉄の籠手は彼の手に余る大きさで掴みづらかったが、彼は必死に握った。そのおそろしい冷たさに、彼の指が激しく痛み出した。彼はますます力を込めた。自分の手などどうでもよかった。彼は彼の体温すべてを傾けてこの手をあたためたいと願った。

私はさみしかった

秋になると私はさみしかった。しかしそれも、小学生だったころの話だ。私は高校生になったばかりだった。もう秋になっても、特にさみしくはなかった。もしさみしくなったとしても秋のせいじゃなくて、それはいつの季節にでも起こりうる、誰にでも起こりうる、ただのありきたりのさみしさでしかなかった。そしてそんなさみしさでは、私がどういう人間かを証明することはできないのだ。ましてや、じきに夏だった。

「新緑の季節じゃなくなったからほっとする」と、カネコフが言った。

カネコフというのは、高校に上がって同じクラスになった私たちがつけたあだ名だった。四月の寒い日、たしかにあの日は寒かったけれど、カネコフの寒がりようはふつうじゃなかった。人よりちょっと背丈が低くて、人よりちょっとぽっちゃりした体を自分で抱きしめ、カネコフはくちびるを紫色にして寒い寒いと言っていた。そのうちに、カネコフはロッカーから真新しいあずき色のジャージを出してきて制服のスカートの下に穿いた。ジャージの上も着ようとしたけど、ブレザーの上からじゃ袖を通すのも難しくて、肩に引っ掛けておくしかなかった。私たちは笑ったが、カネコフはまだ寒いみたいだった。

そこで、女の子たちがばたばたとロッカーへ走って行き、それぞれの真新しいジャージを手にして戻ってきた。ジャージのズボンが、カネコフの縮こまった首にマフラーみたいにぐるっと巻かれた。腹巻みたいにお腹に巻きつけた子もいたし、単に肩や膝にどんどん重ねて載せてやる子もいた。男の子たちは半笑いになって、遠巻きにそれを見ていた。最後に、誰かのふっくらした手がうしろからやさしげにカネコフの髪を、分け目からそっとなぞって耳にかけ、きっちり眉の上で、ズボンを丁寧に頭に巻いた。特大サイズのヘアクリップが差し出され、それが手から手へと渡って、その即席の帽子がほどけないよう留められた。

そのせいで、金子さんだったのがカネコフになった。「ロシア人みたいだから」というのが理由だった。

「逆じゃないの？　ロシア人だったら寒さに強いからこんな恰好しなくていいんじゃないの？」カネコフはジャージに埋もれながら抵抗を試みたが、無駄だった。

それでも、カネコフはみんなのジャージを振り払おうとはしなかった。むしろたくさんのジャージに埋もれて安心したみたいで、急に顔色が良くなって、その日はそのまま授業を受けた。教室の真ん中で、あずき色のジャージの山が、猫背になってノートを取っていた。先生は、これがいじめでないかどうかをカネコフ本人に何度も確認し、ちがうとわかるといつもよりリラックスした調子で授業を進めた。カネコフは、ときどきゆるんできたヘアクリップを自分で留め直していた。あたたかなくすくす笑いが漏れた。カネコフがうまくクリップを留め直せないでいると、必ず助けの手が伸びた。クリップは銀色で、カネコフが頭を動かすたびにチカチカと救難信号のように光った。カネコフの肩や膝からジャージがずり落ちそうになるのを、私たちがそのままにしておくことはなかった。近くの席の者か、ちょっと離れた席の者でさえ、中腰になってささささっと机と机のあいだをすり抜け、カネコフの身なりを手早く整えては去って行った。

ヘアクリップを差し出したのは私だったが、昼休みにお弁当を食べるとき、カネコフは私のグループとはちがうグループにいた。

でも、この日、たまたまお互い一人きり、帰り道で前後に歩いていて、私がちょっと振り返って目が合って、なんとなく横並びになったとき、カネコフは私に自分がどういう人間かを知ってもらおうとしていた。私の通学用のボストンバッグの外側のポケットには、いつものようにあのヘアクリップが挟んであった。肘のうしろに位置していたあれが、カネコフになにかの合図をしたのかもしれない。

「なんでほっとすんの？」私はカネコフのこめかみをちらっと見ながら尋ねた。

「新緑、嫌いだから」とカネコフが答えた。

「なんで？」私は、新緑は好きでも嫌いでもなかった。それはそこにあるもので、好きになったり嫌ったりする対象ではなかった。そもそも、カネコフが新緑と口にするその瞬間まで、私は新緑を新緑と認識したこともなかった。

「新緑ってすごい色してない？」

「わかんない」

「蛍光色みたいなすごい色」

「そうかも」

「そんなすごい葉っぱがさあ、硬い枝を突き破って内側からぶわっと出てきてるんだよ」

「あー」と私は言った。わかったのではなくて、ただの相槌だった。

「ほんと気持ち悪い」カネコフが吐き捨てた。「それに、痛そう」

街路樹が私たちの頭上に覆いかぶさるように繁っていた。膝くらいまである生垣が、木々の根元を隠していた。黒々とした、不潔で不吉な生垣だった。私たちはしばらく黙って歩いた。

「痛そうって？　なにが？」地下鉄の出入り口が迫ってくるのを見て、やっと私は言った。

「木。ていうか、枝。新緑が出てくるとき、木はきっと痛いよ」

「えぇー」と私は言った。

私たちは階段を降りた。階段は幅が広く、私たちの前にも後にも、私たちと同じ高校の生徒がいた。そうじゃない人たちもいた。一組は親子連れで、端っこで私の腰くらいの背丈もない子どもがうつむいて階段を一歩一歩降りるのを、母親が一段下から見守っていた。子どもが一段飛び降りると、母親も一段降りた。私とカネコフはその二人を追い越した。階段が終わり、踊り場で角を曲がると、振り返っても外は見えなくなった。外の光も入らなくなった。照明があるから、暗くはなかった。目の前には、私たちが歩くべき均一な光で満たされた長い通路があり、また階段があった。壁は白いタイル貼りで、床は灰色のタイル貼りだった。私は何かを思い出そうとしていたが、自分が何かを思い出そうとしていることさえわかっていなかった。

強い風が吹き上げていた。私とカネコフは、眉をしかめ、目を細めて、文句も言わず顔面を風に打たれるにまかせていた。地下鉄風だ。あそこはいつもとびきり凶暴なのが吹くのだ。きっと今も吹いてる。

「新緑って、なんか厚かましい」カネコフは憎々しげに言った。「油みたいにぎらぎらして、自分たち生きてますって感じで。なんでそうまでしてフレッシュなのを主張したいわけ？　そもそも、なんでそうまでして生きていたいわけ？」

私は笑った。地下鉄風が口に入らないように、口はできるだけ開けずに笑った。

「新緑ってエイリアンみたいじゃない？　内側から木を食い尽くして、食い破って出てくるの、ぶわっと」

「ぶわっと」ぶわっとってさっきも言った、という意味を込めて私は繰り返した。だがカネコフは気にしていなかった。

「そう、ぶわっと」力を込めてカネコフは何度でも言った。「なんか、すごく、ぶわっと」

「でも、新緑が出るから木って生きてんじゃないの？」

「ちがうちがう、別の生命体になるんだよ。元の木は死んで、新緑の姿をしたエイリアンに乗っ取られんの」

「えー」

「そんで、今くらいになると、葉っぱの色も落ち着いてきて、やっとほっとするんだよね。まあすんだことだし、もうしょうがないじゃん？　って」

「ふーん」

「それなのに次の年になると、また新しいエイリアンが内側からぶわっとやってきて、前のエイリアンを殺す」

「へんなの」と私は言った。

私は上の空だった。私はちょっといらいらしていた。何かを思い出そうとして思い出せなくていらいらしていることを、私はわかっていなかった。私が思い出せないことすら思い出せないのは、私がかつて秋にさみしくなる小学生だった、ということだった。私は、私にだって、そういう感受性の強い、傷つきやすい一面があるのだ。私は分かち合うためではなく、対抗するためにその話をしたかった。だから、きっと思い出せなくてよかったのだろう。

私たちは改札を抜け、また風にあおられながら階段を軽やかに下り、いくつものドアを開けっ放しにして停車している地下鉄に乗り込んだ。そこが始発駅で、車内のどのロングシートにも必ず一人か二人が座っていたが、まだまだ座るスペースはたくさん残されていた。私たちは二、三両を歩いて通り過ぎてから座った。

「私さ、痴漢に遭うんだ、毎日」とカネコフが楽しげに言った。

「えっ?」私は聞き返した。「毎日?」

「そう、高校入ってすぐのときから、毎日」カネコフはにやにやしていた。

「毎日?」

「うそじゃないよ、本当だよ、もう最悪」

私はカネコフの眉毛をまじまじと見た。目尻の上あたりはぼさぼさしていて、特に一本、流れを無視してぴょんと跳ね上がっている毛があった。

「地下鉄降りたあとＪＲに乗り換えなんだけど、ＪＲいつも混んでて、そこに痴漢がいるんだよ。朝は絶対いるし、帰りもけっこういる」

「えー、お尻触られんの？」

「うん」

「それってさあ、毎日ってことはさあ、おんなじ人なの？」

「わかんない、うしろにいるから顔わかんないし」

「なにそれ気持ち悪い。痴漢ですって叫べば？」

「うん……」カネコフはもうにやにやしていなかった。無表情になっていた。

　私はカネコフの膝に目を移した。その隣に、お揃いの制服のスカートからぬっと出た私の膝が並んでいた。カネコフの膝はそれなりにきちんと合わさっていたが、私は浅めに腰掛けていたので、脚がややだらしなく開いていた。私の太ももは白くて肌理《きめ》が細かく、内ももにかかる影さえもはかなくすべらかだった。それに、私の太ももの方が、カネコフの座席に押し付けられて横にべちゃっと潰れた太ももよりも明らかに細かった。私は合点がいかなかった。痴漢に遭うということは、その肉体がまぶしく美しいということを意味するはずだ。私はまだ、痴漢に遭ったことがなかった。遭いたいわけではないが、私の太ももよりカネコフの太ももの方が価値が高いとは到底思えなかった。

私はそれを言う代わりに、「気持ち悪いっていえばさあ」と話題を変えた。「うちのマンション、ちょっと前に、ホモの人が引っ越してきたんだよ」

「うそ、え、本当に？　なんでわかるの？」カネコフがぱっと顔を明るくして私を見た。

「だっていっつも二人でいるし、くっついて歩いてんの」私はお尻をすべらせてカネコフのブレザーの二の腕に自分のブレザーの二の腕をくっつけた。「こんなふうに」

「えーっ、じゃあ本当にそうなんだ」

「しかもね、服が変なんだよ。二人ともおじさんなんだけど、いっつもお揃いの変な服着てんの。変な茶色のスーツと、変な茶色の暑苦しい帽子。頭んとこが丸くて、こう、ぐるっとつばがついてるやつ」

「へえー」カネコフは興味深げにうなった。

カネコフより、私の降りる駅が先だった。地下鉄の車内は、乗り込んだ時点よりもずいぶん混んできていた。シートは完全に埋まっていて、私たちの前には人が立っていた。

「じゃね」私は立とうとした。「痴漢に気をつけて」

「さっき言うの忘れてたんだけど」カネコフが小声で言った。「ホモじゃなくて、ゲイだよ」

「なんかちがうの？」

「わかんないけど」カネコフは首をかしげた。

私は立ち上がり、体を横にして前に立つ人と人のあいだをすり抜けながら、カネコフに小さく手を振った。カネコフも同じように、小さく両手を振っていた。

マンションの前で、私はそのゲイの二人に行き合った。彼らは私と入れ違いにマンションから出て、どこかへ行くところだった。

「こんにちは」私は軽く目を伏せ、軽く会釈をした。それは、他の住人にやるのとまったく同じ挨拶だった。けれど二人は、まるで私がいないかのような態度で行ってしまった。

それは、もうすでに何度か経験していたことだったので、私は今更驚きもしなかったし落胆もしなかった。あの二人とはエントランスやエレベーターを出たところの共用廊下でしばしば行き合うが、私が挨拶をしても絶対に挨拶をし返さないのだ。それどころか、私を見もしない。

私はエントランスを歩きながら首をひねって彼らの遠ざかって行く後ろ姿を眺めた。二人とも成人男性にしては背が低くて、たぶん私とそんなに変わらないくらいだった。

おまけに小太りで、その太り方までそっくり同じだった。彼らはいつもどおりお揃いの変な茶色のスーツを着ていて、変なフェルトっぽい素材の帽子をかぶり、二の腕と二の腕をぴったりくっつけていた。顔はよく見たことがなかったが、体型を見ると双子としか思えなかった。でも、双子は別にくっついて歩いたりはしない。やっぱホモだよなあ、と私は思った。ホモに蔑称の意味合いが含まれると知ったのは、だいぶあとになってからだった。

初夏に、ゲイの二人の服装が変わった。変な生成りのぺらっとしたスーツに、変な生成りのぺらっとした帽子になった。母が、あれは麻だと教えてくれた。それから、あの二人が母には挨拶を返すことも明らかになった。濡れた髪を拭きながらエアコンの真下に仁王立ちになり、冷風を全身で受けようとしている晩のことだった。

「えーっ」私は大声を上げた。「うっそマジ？　なんで？」

「え？」母も不審げだった。「ほんとに？　ほんとにあんたには挨拶しないの？　あんたは？　ちゃんとしてる？」

「してるよ！」

母は、彼らの挨拶のやり方を教えてくれた。

「あの二人の挨拶はねえ、こうやって帽子のつばをちょっと摘んで」母がこめかみのあたりに指をやった。「にっこりして会釈」

「げーなにそれ。キモい」

「キモくありません。イギリス紳士みたいですてきじゃない？」

私は母に、彼らの挨拶が動作だけだったのか、何らかの言葉がついていたのかを聞き損ねた。いや、もしかしたらあのとき私は尋ね、答えを聞いたのかもしれない。でも、思い出せない。私は彼らの声を知らず、彼らが私と同じ言語で話すさまをうまく想像することもできない。

思い出せないことはもう一つあって、それは、私がいつ、彼らにどうしても挨拶させると決意したかだ。私だけが挨拶を返されないと知ったこのときだったか、はじめて恋人ができて、以前から思っていたとおりやっぱり私の肉体には価値があるのだということをぞんぶんに確認できたときだったか、カネコフに痴漢したときだったか。それとも、彼らのうちの一人に挨拶をさせるために私が行動を起こしたまさにそのときだったのかも。

私はもう、これらがどの順番で起こったのかも忘れてしまった。挨拶させようという試みが最後だったのはたしかだ。全部が同じ夏に起こったということも。そして私は、かつて私だった古いエイリアンを殺して私になりかわった新しいエイリアンだった。

カネコフとは、お弁当を食べるグループは相変わらず別だった。いっしょに帰った日以来、少しは互いに親しみを感じるようになってはいたと思うが、私に恋人ができるともうカネコフのことは眼中になかった。私は私と同じように、恋人がいる子たちとつるんでいた。そのころには、カネコフが毎日痴漢に遭うというのはけっこう有名な話だった。カネコフが自分で、誰彼かまわず愚痴を言うようになっていたからだ。

「毎日だって。ちょっと大袈裟だよねえ」というのが、おおかたの意見だった。カネコフは同情されてはいたが、同時にやや疎ましがられてもいた。

「さあ。本人が毎日だって言うんなら毎日なんじゃないの」と私は私の仲間に言ったことがあったが、カネコフに味方したわけじゃなくて、どうでもよかったからだ。いや、どうでもよくはなかった。私は自分の肉体の持つまぶしさと美しさしか見たくなかった。それだけを堪能したいのに、カネコフの痴漢の話は邪魔だった。私はカネコフを助けようとしたことはなかった。それどころか彼女が助けを求めていたことにも気がついてはいなかった。

だから、カネコフに痴漢をしたのは、ただ単に、ふざけただけだった。私の恋人は他校の高校生で、その朝、私はいつもより一時間ほど早く家を出て、登校前に彼の家の近くの駅まで出向き、会って少し話してから、上機嫌で自分の学校へ向かっているところだった。前の日にファストフード店で二人で宿題かなにかをやっていて、私がまちがえて彼のノートを持って帰ってしまったので、それを返しに行ったのだったと思う。たぶん、そのノートはそんなに急いで返さなくてもよかった。私は返しに行くということをやってみたかったのだ。恋人のために早く起きて、他のふつうの日にはしないことをしたかったのだ。それができて、私はきっと有頂天だった。私は、車内にカネコフの黒光りする頭を見かけるまで、自分の乗っているぎゅうぎゅう詰めのJRが、彼女の行き帰りのルートであることも、彼女が痴漢に遭うと主張している現場であることもすっかり忘れていた。

肺いっぱいに吸い込んでいた朝特有の清潔な空気は、いつのまにかのどに少し名残があるだけになっていた。吊り革に両手で捕まり、爪先立って伸び上がると、すぐそこの乗車口近くの乗客のあいだに、暗い穴があった。それが、私に背を向けて、うなだれているカネコフの姿だった。彼女の肩を隠すように左右に立っている乗客は、どちらも男性だった。私はさらに伸び上がってよく見ようとしたが、彼らがカネコフに痴漢を働いているのかどうかはわからなかった。

私は吊り革を離し、横歩きでカネコフに近づいた。くっつきあって壁になっている乗客たちの継ぎ目を肩でこじ開けて進む。舌打ちが聞こえたが、怖くもなんともなかった。他人のスーツのジャケットやブラウス越しの熱い霧が、私の頬に押し寄せてくるようだった。私は平気だった。私は、左肩を先頭にして、乳房や尻で乗客たちの分厚い体をはねのけ、じりじりとカネコフの背後に迫った。

カネコフがうなだれているせいで持ち上がった後頭部が、私のすぐ目の前にあった。本当はカネコフに重なるように真後ろに立ちたかったが、姿勢を変えるのは難しかった。私は横歩きしてそこまでやってきた姿勢のまま、左手をパーのかたちに広げて、当たりをつけてカネコフの制服のお尻を触った。熱くて埃っぽい制服の布地の感触があった。だが、私の手は彼女の尻に沿わなかった。私は指をいっぱいに伸ばしていて、手の形としてはむしろ反り返っていた。だから、尻のあたりの布地に触れているのは、指の付け根のラインくらいのものだった。私は新鮮な驚きに打たれながら、そっと指の力を抜いた。それでやっと指が尻に落ち着き、私は左手全部で尻を触ることに成功した。

私はそのまま、カネコフの耳にこう吹き込むつもりだった。

「あれ？　毎日痴漢に遭ってるんじゃなかったっけ？」

私は、カネコフが嘘をついていると断罪する気はなかった。カネコフが痴漢に遭っていることを否定する気もなかった。私には悪気なんてなかった。ふざけていただけなのだ。でもそれを言えば、カネコフはそうは受け取らなかっただろう。それにそもそも、私が触る直前まで彼女が別の痴漢の被害を受けていなかったとは言えない。

私が口を開く前に、カネコフが動いた。カネコフは強い力で、周りの乗客たちを摩擦しながら振り返った。カネコフは涙ぐんだ目で私を睨み上げ、けれど口元は笑っていた。カネコフが私の名前を親しげに呼び、自分たちや他の乗客の体に押されて見えない位置で、さっき彼女の尻を触った私の左手をぎゅっと握った。

私たちはそのまま、JRを降りるまで手をつないでいた。地下鉄に乗り換える途中で、カネコフは「ありがとう」と言った。

「え？　なにが？　なんで？　私、痴漢したのに」私はおどけて答えた。

「痴漢？　あれが？」カネコフは声を立てて笑い出した。

「なに？　お尻触ったでしょ、私」

「あんなの痴漢じゃないよ。私、すぐわかったもん」カネコフは笑いすぎて苦しそうだった。「痴漢の触り方って、あんなんじゃないんだよ。揉むの」

「揉む」

「そう、揉むの」カネコフが片手を胸の高さに上げ、宙に向かって指をざわざわと不気味に動かした。

それからすぐに、あの濃い尿のなかをあえぎ泳いでるみたいな夕方がやって来た。マンションに帰り着いた私の前を、例のゲイの人が歩いていた。一人だった。二人いっしょじゃないところを見たのははじめてだった。

一人でも、彼は変な生成りのぺらっとしたスーツに、変な生成りのぺらっとした帽子をかぶっていた。彼がちらりとこちらをうかがって足を早めたのがわかった。私も足を早め、彼との距離を縮めた。彼が郵便受けをチェックしなかったので、私もしなかった。彼は傍目にも慌てているとわかる動作でオートロックの暗証番号を押し、自動ドアを開けた。その向こうは照明が消えていて暗かった。夜にならないと点かないようになっているのだ。暗い廊下のまっすぐ先にエレベーターがあった。ひとつしかないそのエレベーターの箱は一階に降りてきていて、やけに黄色い照明を灯してぽつんと私たちを待っているのが見えた。彼はほとんど小走りになっていた。私には彼の考えていることがわかった。彼は、私とエレベーターに乗り合わせるのを恐れているのだ。

逃がすものかと思ったし、逃がす距離でもなかった。彼がエレベーターのボタンを忙《せわ》しげに叩き、ドアが開いた。彼はさっと中に滑り込むと、こちらに向き直って階数ボタンを押した。ゆっくりとドアが閉まっていく。が、そのドアの動きの緩慢さを、私は知り尽くしていた。半分も閉じないうちに、私は右手でドアを受けた。安全装置が働いて、ドアがずるずると開いた。

「こんにちは」私は軽く目を伏せ、軽く会釈をした。彼はすでにめいっぱい後ずさり、階数ボタンと対角に位置する角にその小太りの体をぎゅっと押し込んでこちらをうかがっていた。

三人も入れば狭苦しく感じる、小さなエレベーターだった。私は悠々と乗り込み、階数ボタンを押した。先に押されていたのが七階で、私は十二階だった。ドアが閉まった。暗い共用廊下の向こうに、四角く外が見えていた。まだ尿のように輝いていた。箱が上昇をはじめ、粗いコンクリートの内壁が輝く外界を押しつぶした。

私は体ごとゆっくりと彼に向き直った。あからさまに、彼は身を強張らせた。私は彼を頭の上から爪先まで見回した。なのに、顔はどうしても思い出せない。思い出せるのは、鼻の頭にびっしりと汗をかいていたことと、彼がどうあっても私と目を合わせようとしなかったことくらいだ。しかしこれは、私も同じだった。私も鼻の頭に汗をかいていたし、それどころじゃなく全身に汗をかいていた。私は高校で、生理がはじまったのかもしれないとトイレに確認しに行ったが、下着を濡らしているのは汗だった。また、私も彼と目を合わせることはしなかった。目を合わせずに、彼の姿をじっくりと見ていた。彼は、どう見ても怯えていた。

私は不思議でならなかった。私の肉体は、恋人が喜んでいるように人を喜ばせるか、あるいはカネコフを痴漢する男たちが喜んでいるように人を喜ばせるか、どちらかだけであるはずだった。それに、彼と私だったら、こんなふうに上から下まで見られるのは私のほうだし、怯えるのも私のほうなのがふつうだ。彼がゲイであるということを差し引いても、関心がないというならともかく、怯えられるのは心外だった。

一歩前に出ると、もうそれだけで、私の体はエレベーターの箱の中心にあった。腕を前にやれば、角に背中を押し付けてすくみあがっている中年男に触れられる距離だった。

「こんにちは」私はもう一度言った。返事はなかった。彼は口元を両手で覆っていた。

私は、彼が小刻みに震えているのに気づいた。

震えている！　この男は、私に近づかれて、声も上げられずに怯えて震えている。

そのとき、私の全身にじんわりと広がったのはたしかに喜びだった。それは、それまでに味わったことのない種類の喜びで、尿に経血がひとすじひらめくように怒りが混じっていた。この男は、この私を受け入れないつもりなのだ。こんなつまらない外見をしたつまらない男のくせに。私は歓喜し、激怒していた。私は汗の冷えた太ももを、もう一歩踏み出した。男の顔もわからないくせに、彼が涙目になっていたのはしっかりとおぼえている。

「こ、ん、に、ち、は」私は笑みを含んだ声で言った。

男が、私のうしろに目をやった。エレベーターががたんと止まり、うしろでドアが開いた。七階だった。

男が出られないように、私はさっと足を肩幅に広げた。ドアが閉まった。男が泣き出した。きゅうと閉じられた目元から、涙が噴き出すのを私は見た。男はそれでも声を上げないよう顔をくしゃくしゃにしてこらえ、そのせいで痙攣をはじめていた。

エレベーターが上昇していくのとうらはらに、男は崩れ落ちつつあった。私は座り込んでいく男の、そのきちんと揃えられた膝をまたぐように立って、彼の生成りの帽子を見下ろした。制服のスカートが、つばに触れていた。ふつうだと、これがうれしいはずなのに。私は男をさげすんだ。泣くほど怖いんだ。へんなの。

十二階に着いたのと、男が漏らした尿が足もとにじりじりと押し寄せてきたのは、ほぼ同時だった。

「うっわ、きたない」私は小声で吐き捨て、身をひるがえしてエレベーターから降りた。


小学生だったころ、秋になると、私はさみしかった。上下に弾む赤と黒のランドセル、他校から転校してきた子のナイロン製の黄色のランドセル、空は灰色で、道もコンクリートで灰色だった。パンツの履き口がずれて、お尻の割れ目に食い込んで、私はスカートの生地ごとそこをつかんでちょうどいい位置に戻そうとした。一度は戻ったかに思えた。だけど、すぐにまたずれた。目に見える空も道も平坦で、奥行きがないのに続いていた。続いていると知っていた。空の上には宇宙があるし、道はいつかどこかで途切れても、その先には何にもなくなるんじゃなくて土地や海がある。とても信じられないことだったが、そうだと知っていた。続いていると思うだけでさみしくてたまらない日が、秋には必ずあった。ほかの季節には、そう思ってもさみしくなんかなかった。それとも、思いもしなかったのかもしれない。銀杏の黄色はくすんで汚れていて、ちっともきれいではなかった。私はがっくりと頭をのけぞらせてスキップをしてみた。そうやって跳ねると、空に向かってまっさかさまに落ちてしまいそうだった。それでもかまわなかった。それなのにそうはならなくて、そのことが私をいっそうさみしくさせた。

夜の電車のボックス席の窓際に座り、つめたい車窓にこめかみをつけて、私はあの夏のことと、それよりずっと遠い秋のことを思い出している。私は寝たふりをしている。さっきまでは、本当に眠っていた。隣から、控えめだが荒い息遣いが聞こえるので目をさましたのだ。

私はどうやらあの朝、幸運にもカネコフのちょっとした助けになったらしいが、そのあと彼女のために何かをしたおぼえはない。ゲイの二人はあれからすぐに引っ越してしまったらしく、二度とあの男の人も、パートナーの人の姿も見ることはなかった。私のやったことは明るみには出なかった。もっとも、彼が私を告発するなどとは私は夢にも思っていなかった。あのころの私なら、ただ挨拶してもらいたかっただけ、と言ってのけるだろう。ああ、それにしてもあの、体を突き破るような歓喜と激怒！でも、私もかつては秋になるとさみしくてたまらなくなるような罪のない子どもだったのだ。どうか許してほしい、けれど、そんなことで私を許すのは私自身だけだと知っている。

私は、今、私の隣に座って息を荒らげているのが一人のみすぼらしい老人だと知っている。目を覚ましたとき、私はなにかの予感に打たれて、頭を上げることをしなかった。それと気づかれないように、そっと目だけ動かして盗み見をした。なにもかもが、一目で了解できた。たぶん、この車両には私とこの人だけなのだろう。だからこそ、彼はわざわざ眠っている私の隣にやってきた。

服の中に中身が入っているのかどうかもあやしいくらいぺったんこに痩せた老人だった。毛羽立った袖口から覗く手首には灰色の血管が浮いている。しかしその手が握り、ひたむきにこする性器は、お湯から上がった赤ん坊みたいにきれいなピンク色をしている。

私はうつむいて、寝たふりをして、泣きそうになっている。この人もかつては、たとえば秋になるとそれだけでさみしくなるような、あるいは新緑を嫌うような子どもで、そのことを言い訳に私に対してすまないと、許してほしいとあとで願うことがあるのだろうか、と考えている。

でも実際のところ、私を動けなくさせているのは圧倒的に恐怖だ。私はこの老人に勝てるだろうか。おそらくは勝てるだろう。私は重いブーツを履いている。けれど、本当にそうだろうか？　もし私の読みが甘かったら、この老人が見た目よりも力があったら？

私は顔を上げないまま、とつぜん肩から立ち上がる。通路への道を、老人のへなへなしたズボンとピンク色の性器が阻んでいる。私は緑色をしたシートにブーツのまま乗り上がり、老人を飛び越して通路に降りる。老人の怒り狂った唸《うな》り声が聞こえる。悲鳴かもしれない。悲鳴だといい。足がうまく上がらなくて、彼の性器を蹴ったかもしれない。私は振り返らない。思ったとおりこの車両には誰もいない。私も悲鳴を上げたいが、それどころではなくて、私は必死に車両を区切るドアを開ける。老人のうめき声が聞こえている。彼が追いかけてきているのかうずくまっているのかわからない。次の車両には少し人がいるが、みんな眠っているようだ。私は駆け抜ける。私は恐ろしくて恐ろしくて、さみしくてたまらない。車両をいくつか駆け抜けた先はもうどこにも行くところがないと知っていて、それがさみしくてたまらない。私はこんなものはいらなかった。振り払って振り払って、ブーツの底で踏み潰してしまわなければ。私はこんなものはいらなかった、こんなさみしさは。だってこんなさみしさでは、私がどういう人間かを証明することはできないのだ。

静かな夜

静かな夜だ。ちか子はこんなふうに静かで、しかも真っ暗にしていないと眠ることができない。だから、真っ暗で、静かだ。申し分ない。だいじょうぶ。眠れそうだ。なのに、はながささやいた。はなというのはちか子の姪だ。

「ねえ、家のなかに誰かいる」

「いない」ちか子は即答する。言ってしまってから、冷たく聞こえたんじゃないかと不安になる。「だいじょうぶだよ。寝よう。おやすみ」と、猫撫《ねこな》で声で言い直す。

ちか子は姪が寝息を立て始めるのを待つ。それを聞き逃さないように、自分の呼吸音をできるだけ抑える。そろそろと息を吸い、じわじわと吐く。いつまで経っても、なんの音もしない。はなも同じようにしているのがわかる。真っ暗だし、そもそもちか子ははなに背を向けているけれど、わかる。はなが言う。

「やっぱり誰かいるよ」

「だいじょうぶ」

「だいじょうぶって、なにが？」

ちか子もそう思ったところだった。なにがだいじょうぶなんだろう？　ちか子は
「ごめんね」と言う。

「でも、だいじょうぶ。誰もいないから」

「いる。聞いて」

ちか子は聞く。しぶしぶ耳を澄ませる。そのうちに、たしかに声のようなものが聞こえてくる。ひとりごとじゃなくて、話し声だ。すくなくとも二人以上の人間が、なにかを言い合っている。もっとかもしれない。なにを言っているのかはぜんぜんわからないし、男か女かもわからない。男でも女でもないのかもしれない。

でも、そんなことはありえない。玄関のドアにはちゃんと鍵がかけてある。窓の鍵も。

はながちか子をじっと見る。背中でそれを感じる。ちか子は身を起こし、シーツと布団のあいだで両脚を滑らせる。音もなくはだしの足の裏がフローリングのスリッパにおさまる。はなもベッドから降りる。ふたりはやや中腰になり、それぞれ両手を前に突き出し、指を広げてあたりをまさぐりながら注意深く歩く。なにせ真っ暗闇だから。ぺたぺた音がする。はなはスリッパを履いていない。ぴったりじゃないけど、ちゃんと貸してあげたのに、とちか子は思う。

「見えない。ちかちゃん、アイホン」はなが不安げな声を出す。「アイホンで照らして」

「だいじょうぶ」今度は確信を持ってちか子が言う。「だいじょうぶ、すぐだから」そして、そのとおりにちか子が引き戸に辿りつく。寝室はとても狭くて、シングルベッドを二つくっつけて置いたら、もうあまりスペースはないのだ。

引き戸を開けて寝室を出ると、もう真っ暗ではない。照明はどこも切ってあるが、強烈な、永遠に爆発した瞬間でありつづける爆弾みたいな外灯の灯りが、それとまったく同じ高さのベランダの窓ガラスを抜け、ぴったり閉めたカーテンの布地からやすやすと染み出し、リビングを満たし、引き戸を外したダイニングを通ってキッチンにまで届いている。このマンションの部屋は、寝室と洗面所を除くとまるでほら穴みたいにひとつながりになっている。

はなは、ベランダはちらりとも見ない。こんなに明るいのに、とちか子は思う。不思議じゃないのかな。

はなは青く浮かび上がる部屋を、影ののびるほうへ迷いなく歩いていく。ちか子は黙ってついていく。姪のあとを歩くと、話し声がだんだん大きくなる。

はながぴたりと止まる。コンロの前だ。しんと冷えた五徳に、やかんがひとつ載っている。中身はほとんど空《から》だ。茶こしあみの底に、ほうじ茶のパックがべちゃっと取り残されているのがちか子の目に浮かぶ。はながコンロに向き直り、じっと上を見つめる。ちか子もレンジフードを見る。声は、そこから漏れ聞こえている。ステンレスのパネルがときどき、わずかに震えてかたかたと鳴る。

ちか子とはなは、しばらく息を殺してそこで一心に聞く。

「風だね」手足がすっかり冷えてしまってから、ちか子が切り出す。「風の音。葉っぱの音。それから、車が走る音とかも。そういう、外の音が響いてきてるんだと思うよ」

ちか子は姪のつむじを見つめる。ちか子の体で遮られなかった光が、目の前の小さなつむじをはっきりと見せている。はなのやわらかな毛が渦を巻いてそこへ吸い込まれていくところを想像する。つむじはまわりのものも巻き込み、しまいにはちか子をも吸収してしまう。あたりになにもなくなると、さいごは姪自身の番だ。

「どうかな」ちか子は尋ねる。

「うん、そうかも」はながうなずく。「なーんだ。誰もいなかった！」

はなが振り返り、まぶしそうな顔をする。

「行こう。寝るよ」

「うん」

はなはぺたぺたと歩き、寝室に入る。くっつけた二台のシングルベッドの右側に姪がおさまったのを確認して、引き戸をしっかり閉めると、また真っ暗が戻ってくる。ちか子は大きく目を見開き、手で暗闇を探りながら数歩歩いて壁を見つけ、その壁に手を沿わせていつもの位置から左側のシングルベッドへ上がる。

姪はもう眠っている。すうすうと寝息を立てている。

ちか子のほうは、これで眠れなくなったってことがわかっていた。最近の子どもはどうも素直すぎやしないかと彼女は案じる。素直なのはいいが、社会を生き延びていくには疑う心も大切だ。こんなことで、この子はだいじょうぶなのだろうか？

ちか子ははなを揺さぶり起こして、こう尋問したい。

ねえはなちゃん、さっき私たちがレンジフードの前で聞き入っているあいだ、私たちのうしろ、ずっとうしろ、ほら穴みたいに抜けているどんつきのベランダ窓の外から、車やバイクが通った音が一度でもした？　自転車や、徒歩の人が通った気配すらなかったでしょ？　ここってそんなに広いマンションじゃないもん、静かにしてれば、窓の外の音を聞き逃したりしないよ。それに、おもては一方通行の狭い道路で、街樹なんて植わってない。知ってるでしょう？

それに、とちか子はますます案じる。姪の耳はどうかしてるんじゃないだろうか。レンジフードから聞こえてきたのは、完全に人間の声だった。たくさんの人の声だ。今も聞こえている。

はなの寝息の向こうから、たくさんの人の声がはっきりと聞こえている。なにを話しているんだろう。

ちか子は真っ暗闇を見つめて、話の内容を聞きとろうと耳を傾ける。ちか子は、このまま一晩中起きて聞いているだろうと思う。私はわりと神経質なのだ、こんな環境で眠れるはずがない。声は、ぜんぜん聞きとれないようでいて、なんとなくわかるような気もしたが、そんな気がするだけでやっぱりさっぱりわからなかった。みんな、とても一生懸命話しているってことしかわからない。

どのくらい聞いていたかもわからなくなったころ、ついに耳元で聞き間違えようのない言葉が話される。

「ちかちゃん」

ちか子は目を開ける。

「ちかちゃん、ねえちかちゃん」

はなだった。それから、朝だった。

引き戸は開いていて、その向こうの壁や床は弱々しい太陽の光でやわらかな灰色に照らされている。ここからは見えないベランダ窓の外で、近所の中年女性たちが挨拶を交わす声がしている。自転車が通る。バイクが通る。じん、と骨から揺さぶられるような音がする。あれは子どもが道路でバスケットボールをついたのだ。ちか子は枕元で充電ケーブルにつながれているアイホンを見て時間を確認し、口を開く。

「おはよう」

「おはよう」

「グッドモーニング」ちか子は言い換える。

「グッ」はなが喉の奥で唸る。一瞬のちに、はなは最後の「グ」をはじめの「グ」とはまったくちがう唸り方で唸る。ちか子は姪の真似をして言い直すが、うまくいかない。

「ちがうよ」はなが笑って、朝の挨拶を繰り返す。「ちがうってば、ちかちゃん」

何度やっても、うまくいかなかった。

いつもそうだ。ちか子は英語の発音を身につけることができない。発音は保留にして、とりあえず話す、ということもできない。英語だけじゃない、日本語以外はぜんぶだめだ。


昼はなにごともなく過ぎ、夜が来て、ちか子とはなは家中の照明を切ってまわり、寝室へ行く。ちか子は引き戸のところに立って、はなが右のシングルベッドに入り、枕に頭を載せ、髪がずり上がり、布団を顎の下まで引っ張ったのを見届ける。

ちか子はぱちんとスイッチを切り、寝室が暗くなる。後ろ手に引き戸を引いてしまうと、おなじみの真っ暗闇だ。

ちか子は手を前にやってうろうろと動かし、左のベッドのわきに沿って進む。腰を折って手に枕が触れるあたりでスリッパを脱ぎ、するりとベッドに横たわる。

「おやすみ」

「おやすみ」

ちか子はしばらく待つ。待ち過ぎてもいけない。はなが寝息を立てはじめてからでは遅い。眠ってしまう前に言わなければ。ちか子はタイミングをはかる。

「ねえはなちゃん、今日は家のなかに誰もいない?」

途端に、背後ではなが跳ね起きる。

「えーひどい、ちかちゃん!」

ちか子は布団に隠した口元で笑う。

「昨日はちょっと、そんな気がしただけ!　怖がらせないで!　それから、こんなことママに言わないでね!」

「だいじょうぶだいじょうぶごめんね」ちか子が笑いながら言う。「からかってごめん、だいじょうぶお姉ちゃんには言わないよ」

「ほんと?　約束する?」

「するする」

はなが布団に戻る。

もうはなに用はない。ちか子は、はながすぐに眠ってしまえばいいと思う。しかしはなは、さかんに寝返りを打つ。全身を布団にもぐらせる。一分か二分ほど、はなは身じろぎせずにいる。あ、眠った、とちか子は思う。その途端、ちか子の布団の端から小さな足がねじ込まれ、ちか子の腰に足の裏がやわらかく押し当てられる。

「絶対だよ」その声はかよわくくぐもっているが、ちか子はちゃんと聞き取る。ちか子は耳を澄ましていたので。

「わかってるって」

ちか子の腰から、足の裏が離れる。足はちか子の布団を去る。

ちか子は右の頬骨を枕に押しつけ、目を見開いている。聞こえる。話し声だ。ずっと聞こえている。からかっていると見せかけて、はなに確認する前からだ。

テレビを消して、二人でお風呂に入ってはなの髪を乾かしてやり、並んで歯を磨き、口をゆすいで蛇口を止めたあたりで再び気がついたのだ。声に。

多分、ちか子がはっきりと思い出したのはこのときだろう。結婚したばかりのとき、おれが笑いをこらえながらこう言ったのを。

「なあちか子、今日は家のなかに誰もいないか？」

翌朝早くに、ちか子の姉のはるかがはなを迎えにくる。はるかははなを、将来は国際的に活躍するような人物に育てたいと考えている。つまり、ちか子のような大人にしたくないと思っている。それでいて、姉妹の仲はかなりいい。はじめてはなを一人でお泊まりをさせる家として、はるかはおれたちの家を選んだ。

「いいよね？」とちか子がおれに尋ね、おれは「いいよ」と答えた。それで、おれの週末の出張の予定に合わせてはながやってきた。はなはまだこれから小学校に上がるところだというのに、ニューヨークに行ったことがある。それも二度。ロンドンには一度。香港にも、マニラにも行った。ちか子は海外旅行をしたことがない。

「えーと、夏にはどこに行くって言ってたっけ」

「プエブラ」

「えーと、それどこだっけ」

「メキシコ」

はなはリュックを背負って廊下へ走り出てくる。

「はな、ちゃんとお利口にしてた？」はるかが中腰で両手を差し伸べる。それは、ちか子が真っ暗闇の寝室を歩くときの姿勢に似ている。

「お利口だったよね」ちか子がはなの頭を撫でる。はなはうつむき、黙って頭を撫でられている。

「あれ？　はな、どうしたの？」

「あれ？　やっぱお母さんと離れてさみしかったかな？」

かわるがわる大人が話しかけるが、はなはうつむいたままだ。

その日、ちか子は勤め先に電話をかけて、休みを取る。ちか子は、翻訳事務所に勤めている。そこでは和文から英語、ドイツ語、中国語へ、あるいは英語、ドイツ語、中国語から和文への対応が可能で、各種契約書、裁判関連書類、税務関連文書などの作成を請け負っている。もちろん、ちか子の仕事は翻訳ではない。事務だ。正確には、社内翻訳者と外注翻訳者のスケジュール管理をやっている。日本語で書かれた翻訳依頼書を言語と内容で分類し、翻訳者の専門分野ごとに振り分け、手の空いている者に発注をかける。直接席に行って打診したり、メールをしたり、電話をかけたりする。翻訳者は日本人ばかりではないが、ちか子はすべてを日本語でおこなう。ちか子の席は、社内の真ん中のブースだ。そのまわりを二十人の社内翻訳者のブースがぐるりと囲んでいる。勤務中、まともに口を利くのはほとんどちか子だけだ。翻訳者たちは黙って机に向かい、ひたすら辞書を引き、パソコンで検索し、打ち込み、書類をめくり、ペンで書きつけている。ちか子はときどき、空中に言語が立ちのぼるのが見えるような気がする。それらの言語は、四方八方からちか子を監視している。ちか子とちか子の日本語は、すくみあがる。なぜ理解しないのか、とドイツ語と中国語と英語が言う。なぜそんなにかたくなに理解しようとしないのか。そうじゃない、とちか子は抗弁する。理解しようとしている。ただ私、こう見えてけっこう忙しいんだよ。ちか子はつんとして背筋を伸ばす。ちか子は頻繁に英文、中文、独文の束を目にする。そのたび、この単語知ってる、とちか子は思う。ささやかな興奮に、瞳孔《どうこう》が開く。この熟語、知ってる、とちか子は思う。あれもこれもよく見る綴りだ、と思う。知ってる。知ってる。日本語と同じくらい触れ、自分の名前と同じくらいに愛着がある。ほとんど読めているような気持ちになる。でも実際、ちか子には読めない。英文であっても、一文たりとも満足に読むことができない。ちか子の「知ってる」は、見覚えがあるというだけなのだ。ちか子にはその文字の並びの意味するところがわからない。ちか子だってときには辞書を引く。そうそう、そうだった、とうなずく。そしてすぐに忘れ果てる。

忘れるところまでが仕事であるみたいに。

その仕事を、休む。

「インフルエンザにかかってしまって」わざと苦しげな声でちか子は言う。

そうやってつくった時間を、ちか子はレンジフードの前に丸椅子を持ってきて過ごす。テレビはつけない。音楽もかけない。エアコンは切った。少し冷えるので、ちか子はトレンチコートを着てコットンウールのマフラーを首に巻く。丸椅子に座って、ちか子はレンジフードを見つめる。ちか子が上目遣いで睨みつけているつや消しのグレーに塗装されたステンレスのパネルは、整流板という名称だ。多分ちか子は知らないが。

ちか子は、息を殺して聞く。ベランダ窓から、車の音、バイクの音、自転車の音を聞く。じん、じん、とバスケットボールをつく音を聞く。挨拶する声、談笑する声、風が吹き、携帯電話で話しながら通り過ぎていく声を聞く。

それと同時に、レンジフードの整流板の隙間から、外の物音や声とはまったく別のたくさんの人々の声を、ちか子の耳は捉える。聞こえる。聞こえる。目を閉じ、目を開け、丸椅子の上に立ってレンジフードを頭からかぶるみたいに耳を近づけ、ちか子は聞く。なんてことだろう、ずっと聞こえていたんだ、とちか子は思う。夜だけじゃなかった。昼間もこのたくさんの人々はなにかさかんに話していたのだ。

ちか子は聞く。知らない言語じゃない、とちか子は判断する。だって、今にもわかりそうだ。でもわからない、よく聞こえない、みんながいっせいに話しているからわからない、それに声が遠いからわからない。でももうすぐわかる、絶対私はこれを知っている、とちか子は思う。文字であれだけの絶望を日々味わっているというのに、ちか子の神経はどうなっているのだろう。ちか子は学ばない。決して学ばない。おれは驚嘆する。ちか子は深々と呼吸する。空気にそれらの声が粒子となって溶け出す。それを吸っていると、きっとその言語がわかるようになる。わけのわからぬ声がちか子の体を満たし、彼女の赤い血をいよいよ赤くする。

おれが出張から帰るなり、ちか子がこう告げる。

「この嘘つき」

おれはうろたえる。この時間に、ちか子が家にいるとは思わなかった。会社を休んだことを、おれは知らなかった。手に大きなナイロンバッグを持ったまま、あっけにとられるおれを、ちか子が舐め回すように見る。その腕はしっかりと体の両側に降ろされていて、おれに差し伸べられることはない。ナイロンバッグの持ち手を握りなおす。ここにはおれの汗とにおいの染み込んだシャツが入っている。内部でシャツがじっとりと湿っているのを、おれもちか子も知っている。ナイロンバッグの中で、刻一刻と雑菌が繁殖している。

「あなたとは別れる」堂々とちか子が言う。うっすら微笑んでさえいる。こんなに自信たっぷりにものを言うちか子を、おれははじめて見た。

どうして、とおれは尋ねる。持ったままのナイロンバッグから雑菌が這い上がって、おれの胸の真ん中を食い潰していく。まさか本気ではなかろうが、愛する妻の口からそんなことを聞かされるのはいやなものだ。

おれはちか子の言おうとしていることをすでにだいたい知っているが、そのことは今は告げない。なんでだよ、とおれはもう一度尋ねる。ちか子は説明をはじめる。はなとのやりとり、レンジフードからの声。外の物音なんかじゃない、たくさんの人たちが話す声のこと。

話す声？

しかし、おれはひとまず感慨にふける。ついにこの日が来たのだ。これをおれは望んでいたのかそうでなかったのか、自分でもわからない。おれはやっとナイロンバッグを置く。持ち手を放すと、握りしめすぎたてのひらの痛みが遅れてやってくる。

「嘘つき」あらためてちか子がおれを非難する。

そのとおりだ。おれは以前、ちか子に嘘をついた。

結婚してすぐのころだ。夜中に、ちか子がおれを起こした。

「ねえ、家のなかに誰かいる」

「いない」とおれは即答した。その時点で、おれはけっこうちか子に譲歩してやっている、という意識があった。まず、真っ暗にしておかないと眠れないなんて言うから、そのようにしてやった。天井に張り付いている照明には、明るさに段階がある。おれとしては、それのいちばん小さな明かりであるオレンジ色の豆電球くらいは点けておきたかった。トイレに起きたとき、真っ暗だと危ないではないか。でも、まあそれはいい。

おれには枕元でイヤホンをしてラジオを聴きながら眠るという別にめずらしくもない習慣があったが、次にちか子はこれを放棄するよう言い渡したのだ。「イヤホンからしゃくしゃく雑音がするのがいや」とちか子は抗議した。しゃくしゃくだって？　それがなんだっていうんだ。「静かにしていないと眠れない資《たち》なんだよね」なぜか得意げに、ちか子は言った。おれはちょっとかっとして、もう少しで怒鳴るところだった。

この上、ちか子がまたなにかを要求するのかとおれは身構えたのだ。とはいえ、言ってしまってから、冷たく聞こえたんじゃないかと不安になって「だいじょうぶだよ。寝よう」とかなんとか猫撫で声で言ったおぼえがある。

ちか子はあきらめなかった。数分後、「やっぱり誰かいるよ」とおれを揺すった。「聞いて」

甘えてふざけているのかもしれない、と考えるほかなかった。ちか子があきらめないなら、おれがあきらめるべきだ。おれが身を起こすと、ちか子は素早くベッドから降りて先導した。

ちか子はまったく迷うことなく、まっすぐにキッチンに向かい、レンジフードの前でぴたりと止まった。おれの影が完全にちか子を覆い隠していて、ちか子は薄暗がりにぽっかり空いたちか子のかたちをした穴のようだった。おれは内心あきれて、ちか子の出方を待った。

ちか子の顔は見えなかった。ちか子は完全に静止していた。呼吸はおろか、鼓動さえ止めてしまったみたいだった。生物ではなく物になってまで、ちか子は聞いている。まるでふざけていないみたいだ。そう思い至ったとき、心臓が強く打った。おれの肺を震わせ、おれを破壊するほどに強く。そうだ、そのとおりだ。ちか子は真剣そのものなのだ。心臓はますます強く打ち、体内で暴れ狂っていた。このままではちか子に聞こえてしまう。ちか子の邪魔をしてしまう。

いたたまれなくなって、おれは言った。風の音だと。街路樹の葉が擦れ合う音。車やバイクの音。雨の音（その夜は雨が降っていた）。レンジフードは外とつながっているのだから、外の音が伝わってきてもまったく不自然ではないと。

そう言うと、ちか子は従順にうなずいた。意外だったし、まったく意外でない気もした。おれはどんな反応を望んでいたのだろう？　ちか子は、すっきりした顔をして、「変なこと言ってごめん」などと謝っていた。

次の夜、おれはちか子がまた声のことを言い出すのを待った。

「やっぱり声がするよ」と、ちか子がおれにすがりついて訴えるのを待った。

おれは、どう返すべきか幾とおりも思い描いた。そうだね、と抱きしめる。またそんなことを言って、と抱きしめる。ほかに悩みはないか、と抱きしめる。抱きしめながら、何度でも説明してやる。ちか子の肩を抱いて、彼女の気の済むまでいっしょにレンジフードの前にたたずむ。聞こえないようにしてやる、と請けあって、整流板の隙間をガムテープでふさいでやる。耳栓を買ってやる。ラジオと、おれのとおそろいの性能のいいイヤホンを買ってやる。

ちか子はなにも言わなかった。ふだんどおりの油断しきった顔で、おやすみぃと言って寝室の電気を消した。暗闇のなかで、ちか子が歩く音がして、パジャマが彼女の脇腹や膝にこすれる音がして、正しい位置を探り当てたちか子がくっつけた隣のベッドに横たわった。

落ち着かず、さみしくて、ちか子を殺してしまいそうだった。

「なあちか子、今日は家のなかに誰もいないか？」

切羽詰まった声は、不思議と笑いを含んでいた。ちか子は穏やかに振り返り、おれに迫ってきて、おれに口づけた。口づけはすぐにおれのくちびるを見つけはせず、のどぼとけに、頬骨に誤っておこなわれ、ちか子が低く笑って両手でおれのこめかみを挟み込んで固定し、ようやくくちびるに的中した。

その途端、おれは胸のうちがしんとして、無音になった。

ほんの一瞬だったけれど、おれの鼓動は止まり、おれのくだらない雑多な感情は消え去り、そしてあの絶え間のないレンジフードからの声も、完璧に止んだのだ。

今日の昼間、おれははるかからの電話を受けた。携帯電話にはるかの番号は登録してあったが、これまでかかってきたことはなかった。

「ちか子のことなんですけど」と切り出され、ほかになにがある、とおれは思った。

はなが、とはるかは言った。はなそのくせ、話の大半ははなのことだった。はるかは早口だった。レンジフードの声のことにはまだ早いと思って、はるかは早口だった。そしたらはな、なんだかちか子に聞いちゃってたんです、大人になったらねって。そしたらはな、なんだかちか子に聞いちゃったみたいで。それで、なんか変なこと言うんです。ちかちゃん、お耳悪いの？　って。

はるかはいったん黙り、呼吸を整えた。

「あの、もしかしてあの子、知らないいんじゃないかと思うんですけど」はるかは声をひそめて言った。

はるかはおれが返事をする暇を与えなかった。はるかは、実の姉なのに気がつかなかった、あの子が知らないなんて考えたこともなかった、だってほら、こういうことってあんまり話題にしないじゃないですか、でもごめんなさい、あの子は昔からぼーっとした子で、でもここまでとは思わなかった、いい年した自分の妹が常識知らずで恥ずかしい、でもいい子なんです、でも甘やかしすぎたのかも、でも、でも、と息継ぎもせずにまくしたてた。

「でも、どうなんですか、知ってたの？　驚かないってことは、知ってたんでしょう？」

「どうなの、知ってたんでしょう？」

ちか子が決めつける。ちか子とはるかの声は似ている、と当たり前のことを思う。

おれはうなずく。「知ってた」

ちか子もうなずく。「ひどい」

これが、聞こえているちか子か。おれは彼女を観察する。おれが出張に出る前の聞こえていないちか子、何年も前にふと聞こえたけれどすぐに聞くのをやめたちか子はもういない。

「ずっと私に嘘をついてたんだね。前に聞いたのに。あそこから」おれに目を合わせたまま、ちか子が指をぴんとさせてレンジフードを指す。「声がするって、私言ったことあったよね」

「ちょっと待て」おれは少しあわてる。

「なに」

「あれはここじゃない。よく思い出してみろよ、あれって結婚してすぐのころだっただろ」ちか子は早合点している。「あのころって、まだN区のマンションにいただろ。ここじゃない、別のマンションだ」別のレンジフードだ、おれはゆっくりと言う。

ちか子の顔がみるみるこわばる。

「どういうこと」

「つまり」おれはちか子にちかづく。ちか子の手をとる。ちか子は抵抗しない。白目を青くして、おれを見上げる。ちか子のつめたい指、ハンドクリームのべたつき。

「声はしてる。あらゆるレンジフードから。あそこでも、ここでも。どこでも」

ちか子のくちびるが震え、おれは唾液に濡れた歯に焦点を合わせる。その奥で痙攣《けいれん》する暗い舌。

「ごめん、もう一回言って。もうちょっと大きな声で」おれはささやく。「レンジフードからの声がうるさくってよく聞こえないんだ」

ちか子はそれから丸二日、口を利かない。会社にも行かない。もっとも、彼女はインフルエンザで欠勤していることになっているのだから、たった一日で元気に出勤するわけにはいかない。

夜、ちか子のとなりで眠り、ふと目をさますと、真っ暗な中にちか子の顔だけが浮かび上がっている。薄く開けた目でしばらく眺めて、彼女がベッドにうつ伏せになってアイホンを見ているのだということがわかる。目の下にクマができていて、どっと老けて見える。あまりよく眠れていないのだろう。ちか子は静かな夜じゃないと眠れないから。もうちか子に静かな夜は来ないから。おれはちか子のしたいようにさせてやる。もちろん質問があればいつでも受け付けるつもりだ。

　はるかから電話がかかってくる。

「ちか子の様子、どうですか」

「うーん、さすがにびっくりしてるみたいですね」とおれは言う。

「びっくり？」大声を出すので少々音が割れる。「びっくりするのはこっちよ！」

「そうですよね」おれは苦笑いする。「でもまあ、だいじょうぶです、たぶん」

「はなはあんまりだいじょうぶじゃないみたいです」はなのことなんか別に聞いちゃいないが、勝手にはるかが言う。「あれから、ますますはっきり聞こえるみたいで、ちょっと怖がっちゃって。相変わらずはぐらかしてるんですけどね。だいじょうぶよー、そういうものよーって」

「そのうち慣れますよ」

「そうですよね。私もそうだったもの」

「みんなそうですよ」

「ちか子もそうだといいけど」

　二日後、帰宅すると、ちか子が目を伏せたまますつつと寄ってくる。顔色が悪くて、涙袋がどす黒くへこんでいる。髪に妙なつやがあって、べったりしている。風呂に入っていないようだ。

「なんで教えてくれなかったの」

その声は硬いが、どこか恥ずかしげだ。おれはうれしくて、ちか子を抱きしめる。

「よかった。別れない？」

「別れない。それより、なんで教えてくれなかったの」

「聞こえないならそれでいいと思ったから」

「ふうん」

「お前だってはなちゃんに嘘ついただろ」

「まあね。その方がいいような気がして。どうしてかな。本能？」

「でもふつうは外の音だなんてごまかしかたしないんだよ。大人になったらねって言うんだよ」

ちか子は鼻を鳴らし、おれの手を引いて、レンジフードの前へ行く。そこには丸椅子がひとつ、置きっ放しになっている。ちか子は座る。おれはちか子にことわって、食卓から自分の背もたれつきの椅子を持ってくる。ちか子が尻の下の丸椅子の座面を持って、椅子ごと横にずれる。おれは隣に椅子を置き、腰掛ける。おれの太ももに、ちか子が手を置く。やさしく握ってやる。今日も、よく声がしている。いつもどおりに。

「この声はなんなの」

「ネットで検索したんじゃないの？」

「いいから。言って」

「地獄からの声だよ」おれは言う。

「うん」ちか子がうなずく。

「でもそれって、キリスト教的な地獄？　仏教的な地獄？」

「それもネットで調べたんじゃないの？」

「いいから」

ちか子が頭をかたむけておれの肩に載せる。くさい、と断じるにはあと一歩足りない、埃とこぼしたジャムがぬくもったような濃いにおいがする。やっぱり風呂に入っていない。

「べつにどっちでもない。ただの地獄だよ」

「地獄なんてあるのかなあ」

「さあ。発見されてないけど。でも、なんとなく地獄ってことになってる」

「うん」

おれたちは二人で声を聞く。整流板の細い隙間を眺める。整流板を取り外して排気ダクトをたどると、外につながっている。外っていうのは、ふつうの外だ。道路、街路樹、車、自転車、立ち話をする近所の人たち、風、雨。でも、コンロの上のこの排気ダクトってやつは、どういうわけかもっと外の音を拾う。もっと外っていうのは、どのくらい外なのかは解明されていないが、とにかくものすごく遠い外だ。おれたちの内側の、まだ自分たちでも知らない領域くらい遠い遠い外。

ちか子が頭をまっすぐにし、あくびをする。

「眠い。死にそう」

「今日は眠れそうか？」

「わかんない。ぜんぜん眠れないってほどじゃないんだけど、眠りが浅すぎて寝た気がしないんだよね。いいかげんぐっすり寝なきゃ死んじゃう」

もう一度、大きなあくびをする。手足を伸ばし、涙を拭い、立て続けに何度も、全身であくびを繰り返してから、力尽きてまたおれの肩に頭をあずける。

「これ、会話じゃないってことはもう知ってる？」

「うん」

「よかった」

「叫んでるんだよね、みんなで。大勢で」

「うん」おれはうなずく。「らしいね」

「なんて言ってるのかなあ」ちか子は甘ったるい声を出すが、同時に疲れ切ってかすれてもいる。

「さあ」

「もうちょっとでわかりそうなのに」

「わかりそうってお前、これが何語かも判明してないのに」

「でもわかりそうなんだもん、私、これ絶対知ってるような気がする」

「知ってるってお前、英語もわかんないくせに」おれはふきだす。

「うるさいなあ」ちか子が怒ったふりをする。

「助けて、とかじゃない？」おれが言う。

「こっちにおいで、は？」ちか子が言う。

解説

和田彩花

8つの短編からなる『ドレス』の各物語は、非現実的で無機質な世界観やモチーフと、現実にありうる生活感漂う世界観とモチーフが交差していくことで、不可思議な雰囲気を醸している。それぞれの短編を読み進めると「わかりあえなさ」が浮かび上がってくる。この「わかりあえなさ」は、短編の中で解消されていくものではなく、各物語で提示されるのみだ。だからこそ、本書の不可思議な雰囲気は、読み終わった後まで続くのかもしれない。

「テキサス、オクラホマ」では、生肉色のパーカーを巡って菫と恋人の好みの「わかりあえなさ」が見えてくる。冒頭で菫が恋人たちから不評を買っていたパーカーだが、物語の展開とともに生肉色のパーカーはそもそも菫の最初の恋人のもので、そのときパーカーを批判したのは菫自身だったとわかり、「わかりあえなさ」の逆転が起きている点を含めて興味深い。また、本短編ではドローンの保養所で働く菫を通して、ドローンと人間の間の「わかりあえなさ」も浮き彫りとなる。ドローンが骨格標本に癒しを求めていることに、人間は誰も理解が及ばない。そもそもドローンが癒しを求める「心みたいなもの」があることを前提にしているのは、人間中心で一方的な目線でしかないのかもしれない。「わかりあえなさ」という言葉に孕む人間の意識までをも感じさせてくれる作品だ。

表題作「ドレス」では、自分の好きなアクセサリーを楽しむるりとパートナーの彼が感じるアクセサリーへの戸惑いが描写されている。タイトルにもなっているドレスとは、るりの好きなアクセサリーブランドの名前だが、具体的にどのようなアクセサリーであるかは本文の彼の言葉からわかるだろう。るりが好きなアクセサリーを存分に楽しむ姿とは対照的に、彼はるりの身に着けるアクセサリーを「鉄のようなもの」と認識していく。それは、本文で繰り返されるドレスという言葉の持つ華やかで特別な雰囲気と相反する、かたく冷たいイメージを持つ鉄という言葉の対比によって、より「わかりあえなさ」が強調されていくようだ。

読者である私たちも多くの場面で経験しているだろう。ドキュメンタリー映画を好む私と、スリリングな展開のある映画を好む友人に例えられるように、趣味や好みにおける「わかりあえなさ」は日常的な出来事だ。「ドレス」に登場する彼は、るりの趣味や好みがわからないためにアクセサリーを鉄くずと表現しているのではないか？なんてことは容易に想像できる。

しかし、この物語にはもう一つの「わかりあえなさ」、締めつけや決めつけに繋がりかねない視点が存在する。

「るりがつけているイヤリングだかイヤーカフだかの鉄くずは、るりが着ているような服を着てるりがしているような髪型をする女の子にはふさわしくない。（中略）これでないならなんでもいいのに、と彼は思った。模造パールのピアス、あれはよかった。模造パールでなくてもいい、とにかく、もっと控えめでかわいらしいものであれば。世の中にはそんなものいくらでもあるし、そういうものの方がふつうじゃないか。」

ここには趣味や好みの違いによるすれ違いではなく、控えめでかわいらしいことが「ふつう」であることの決めつけと、そのようなあるべき姿をるりに求める締めつけに繋がる視点が見出せる。

しかし、彼が戸惑いを口にする機会を逃していたことが要因となったか、或いはるりの熱意がそうさせたかはわからないが、互いの「わかりあえなさ」に気づき、葛藤するなどの描写は見当たらない。このように「ドレス」における両者の「わかりあえなさ」の解釈の余地は、読者に託されているのではないだろうか。

私はシンプルな服装が好きでTシャツにジーンズなんて格好をよくする。今、シンプルを楽しめているのは、私が好んでそれを選んでいることを認識してくれる人が増えたからだ。しかし、そんな自分を探っている過去においては「もっと自分に興味を持てばいいのに」と言われることも多々あった。ここには、好みにおける「わかりあえなさ」がもちろん存在すると思うし、アイドルという職業柄だろうか、着飾ること、何かを付け足していくことに見出せる綺麗さ、らしさを前提にした決めつけがあったのではないかと回顧する。自分の好きを楽しむことで、シンプルの綺麗さに気づけたし自分自身を大切にできる生き方に変わったと思う。

私は、るりの好きなものを楽しむ姿から、自分の好きを大切にすることは、自分自身を大切にすることでもあるのだと改めて感じさせられた。物語終盤、るりがフルオーダーでつくったアクセサリーであるが、彼はそれを甲冑と形容することしかできないまま物語は終わる。一方で、るりが自分の好きを存分に楽しむ姿が眩しい。彼は、ふさわしくないことに対する戸惑いを含めて「甲冑」という言葉を用いているが、この甲冑は、ふさわしくないという他者による一方的な決めつけからるりが自らを守る手段としての意味を同時に感じさせる。自分の好きを楽しむことは、自分自身を大切にすること、時には自分を守ることにも繋がるのかもしれない。

（わだ・あやか　アイドル）

本書は二〇一七年一一月に河出書房新社より刊行されました。

ドレス

二〇二〇年 五 月一〇日 初版印刷
二〇二〇年 五 月二〇日 初版発行

著　者 藤《ふじ》野《の》可《か》織《おり》
発行者 小野寺優
発行所 株式会社河出書房新社
〒一五一-〇〇五一
東京都渋谷区千駄ヶ谷二-三二-二
電話〇三-三四〇四-八六一一（編集）
〇三-三四〇四-一二〇一（営業）
http://www.kawade.co.jp/

ロゴ・表紙デザイン 粟津潔
本文フォーマット 佐々木暁
本文組版 KAWADE DTP WORKS
印刷・製本 中央精版印刷株式会社

Printed in Japan ISBN978-4-309-41745-5

いやしい鳥

藤野可織　41652-6

だんだんと鳥に変身していく男をめぐる惨劇、幼い頃に母親を恐竜に喰われたトラウマ、あまりにもバイオレントな胡蝶蘭……グロテスクで残酷で、やさしい愛と奇想に満ちた、芥川賞作家のデビュー作！

ナチュラル・ウーマン

松浦理英子　40847-7

「私、あなたを抱きしめた時、生まれて初めて自分が女だと感じたの」——二人の女性の至純の愛と実験的な性を描いた異色の傑作が、待望の新装版で甦る。

ボディ・レンタル

佐藤亜有子　40576-6

女子大生マヤはリクエストに応じて身体をレンタルし、契約を結べば顧客まかせのモノになりきる。あらゆる妄想を呑み込む空っぽの容器になることを夢見る彼女の禁断のファイル。第三十三回文藝賞優秀作。

枕女優

新堂冬樹　41021-0

高校三年生の夏、一人の少女が手にした夢の芸能界への切符。しかし、そこには想像を絶する現実が待ち受けていた。芸能プロ社長でもある著者が描く、芸能界騒然のベストセラーがついに文庫化！

あなたを奪うの。

窪美澄／千早茜／彩瀬まる／花房観音／宮木あや子　41515-4

絶対にあの人がほしい。何をしても、何が起きても——。今もっとも注目される女性作家・窪美澄、千早茜、彩瀬まる、花房観音、宮木あや子の五人が「略奪愛」をテーマに紡いだ、書き下ろし恋愛小説集。

彼女の人生は間違いじゃない

廣木隆一　41544-4

震災後、恋人とうまく付き合えない市役所職員のみゆき。彼女は週末、上京してデリヘルを始める……福島－東京の往還がもたらす、哀しみから光への軌跡。廣木監督が自身の初小説を映画化！

インストール

綿矢りさ　40758-6

女子高生と小学生が風俗チャットでひともうけ。押入れのコンピューターから覗いたオトナの世界とは?!　史上最年少芥川賞受賞作家のデビュー作、第三十八回文藝賞受賞作。書き下ろし短篇「You can keep it.」併録。

蹴りたい背中

綿矢りさ　40841-5

ハツとにな川はクラスの余り者同士。ある日ハツは、オリチャンというモデルのファンである彼の部屋に招待されるが……文学史上の事件となった百二十七万部のベストセラー、史上最年少十九歳での芥川賞受賞作。

夢を与える

綿矢りさ　41178-1

その時、私の人生が崩れていく爆音が聞こえた——チャイルドモデルだった美しい少女・夕子。彼女は、母の念願通り大手事務所に入り、ついにブレイクするのだが。夕子の栄光と失墜の果てを描く初の長編。

憤死

綿矢りさ　41354-9

自殺未遂したと噂される女友達の見舞いに行き、思わぬ恋の顚末を聞く表題作や「トイレの懺悔室」など、四つの世にも奇妙な物語。「ほとんど私の理想そのものの「怖い話」なのである。——森見登美彦氏」

消滅世界

村田沙耶香　41621-2

人工授精で、子供を産むことが常識となった世界。夫婦間の性行為は「近親相姦」とタブー視され、やがて世界から「セックス」も「家族」も消えていく……日本の未来を予言する芥川賞作家の圧倒的衝撃作。

アカガミ

窪美澄　41638-0

二〇三〇年、若者は恋愛も結婚もせず、ひとりで生きていくことを望んだ——国が立ち上げた結婚・出産支援制度「アカガミ」に志願したミツキは、そこで恋愛や性の歓びを知り、新しい家族を得たのだが……。

人のセックスを笑うな

山崎ナオコーラ　40814-9

十九歳のオレと三十九歳のユリ。恋とも愛ともつかぬいとしさが、オレを駆り立てた——「思わず嫉妬したくなる程の才能」と選考委員に絶賛された、せつなさ百パーセントの恋愛小説。第四十一回文藝賞受賞作。映画化。

カツラ美容室別室

山崎ナオコーラ　41044-9

こんな感じは、恋の始まりに似ている。しかし、きっと、実際は違う——カツラをかぶった店長・桂孝蔵の美容院で出会った、淳之介とエリの恋と友情、そして様々な人々の交流を描く、各紙誌絶賛の話題作。

ニキの屈辱

山崎ナオコーラ　41296-2

憧れの人気写真家ニキのアシスタントになったオレ。だが一歳下の傲慢な彼女に、公私ともに振り回されて……格差恋愛に揺れる二人を描く、『人のセックスを笑うな』以来の恋愛小説。西加奈子さん推薦！

また会う日まで

柴崎友香　41041-8

好きなのになぜか会えない人がいる……ＯＬ有麻は二十五歳。あの修学旅行の夜、鳴海くんとの間に流れた特別な感情を、会って確かめたいと突然思いたつ。有麻のせつない一週間の休暇を描く話題作！

ショートカット

柴崎友香　40836-1

人を思う気持ちはいつだって距離を越える。離れた場所や時間でも、会いたいと思えば会える。遠く離れた距離で“ショートカット”する恋人たちが体験する日常の“奇跡”を描いた傑作。

フルタイムライフ

柴崎友香　40935-1

新人ＯＬ喜多川春子。なれない仕事に奮闘中の毎日。季節は移り、やがて周囲も変化し始める。昼休みに時々会う正吉が気になり出した春子の心にも、小さな変化が訪れて……新入社員の十ヶ月を描く傑作長篇。

青空感傷ツアー

柴崎友香　40766-1

超美人でゴーマンな女ともだちと、彼女に言いなりな私。大阪→トルコ→四国→石垣島。抱腹絶倒、やがてせつない女二人の感傷旅行の行方は？　映画「きょうのできごと」原作者の話題作。

次の町まで、きみはどんな歌をうたうの？

柴崎友香　40786-9

幻の初期作品が待望の文庫化！　大阪発東京行。友人カップルのドライブに男二人がむりやり便乗。四人それぞれの思いを乗せた旅の行方は？　切なく、歯痒い、心に残るロード・ラブ・ストーリー。

ビリジアン

柴崎友香　41464-5

突然空が黄色くなった十一歳の日、爆竹を鳴らし続ける十四歳の日……十歳から十九歳の日々を、自由に時を往き来しながら描く、不思議な魅力に満ちた、芥川賞作家の代表作。有栖川有栖氏、柴田元幸氏絶賛！

きょうのできごと　増補新版

柴崎友香　41624-3

京都で開かれた引っ越し飲み会。そこに集まり、出会いすれ違う、男女のせつない一夜。芥川賞作家の名作・増補新版。行定勲監督で映画化された本篇に、映画から生まれた番外篇を加えた魅惑の一冊！

寝ても覚めても　増補新版

柴崎友香　41618-2

消えた恋人に生き写しの男に出会い恋に落ちた朝子だが……運命の恋を描く野間文芸新人賞受賞作。芥川賞作家の代表長篇が濱口竜介監督・東出昌大主演で映画化。マンガとコラボした書き下ろし番外篇を増補。

きょうのできごと、十年後

柴崎友香　行定勲〔解説〕　41631-1

十年前、引っ越しパーティーに居合わせた男女。いま三〇代になった彼らが、今夜再会する……行定勲監督がいち早く、紙上映画化した書き下ろし小説「鴨川晴れ待ち」収録。芥川賞作家の感動作！

東京ゲスト・ハウス

角田光代　40760-9

半年のアジア放浪から帰った僕は、あてもなく、旅で知り合った女性の一軒家に間借りする。そこはまるで旅の続きのゲスト・ハウスのような場所だった。旅の終わりを探す、直木賞作家の青春小説。

ぼくとネモ号と彼女たち

角田光代　40780-7

中古で買った愛車「ネモ号」に乗って、当てもなく道を走るぼく。とりあえず、遠くへ行きたい。行き先は、乗せた女しだい――直木賞作家による青春ロード・ノベル。

学校の青空

角田光代　41590-1

いじめ、うわさ、夏休みのお泊まり旅行…お決まりの日常から逃れるために、それぞれの少女たちが試みた、ささやかな反乱。生きることになれていない不器用なまでの切実さを直木賞作家が描く傑作青春小説集

異性

角田光代／穂村弘　41326-6

好きだから許せる？　好きだけど許せない⁉　男と女は互いにひかれあいながら、どうしてわかりあえないのか。カクちゃん&ほむほむが、男と女についてとことん考えた、恋愛考察エッセイ。

親指Pの修業時代　上

松浦理英子　40792-0

無邪気で平凡な女子大生、一実。眠りから目覚めると彼女の右足の親指はペニスになっていた。驚くべき奇想とユーモラスな語り口でベストセラーとなった衝撃の作品が待望の新装版に！

親指Pの修業時代　下

松浦理英子　40793-7

性的に特殊な事情を持つ人々が集まる見せ物一座“フラワー・ショー”に参加した一実。果して親指Ｐの行く末は？　文学とセクシャリティの関係を変えた決定的名作が待望の新装版に！

著訳者名の後の数字はISBNコードです。頭に「978-4-309」を付け、お近くの書店にてご注文下さい。